能面鬼
NOU MEN-KI
五十嵐貴久
TAKAHISA IGARASHI
実業之日本社

目次

装丁　菊池 祐
写真　shutterstock.com/Koloj
shutterstock.com/janniwet
だいち　ゆうと／PIXTA
iStockphoto.com/kvap

能面鬼

Wind1 ヒートウェーブ

1

タクシーを降りると、足がふらついた。大丈夫かよと腕を支えた小野孝夫《おのたかお》に、平気ですと倉科美月《くらしなみつき》は言った。

私立四ツ葉大学のウインドサーフィンサークル〝ヒートウェーブ〟の新歓コンパは、午後五時から品川キャンパス近くの店で始まり、二時間後の七時、一次会が終わっていた。その流れで田町へ移動し、三年生の佐川聖一《さがわせいいち》が会員になっているスペインバルに移った。

そこまでは全部員十五人がいたが、二十分ほど前にバルを出た時点で、三年生、四年生の六人が帰った。もう一軒行こうと誘ったのは、四年生のキャプテン、島本弘明《しまもとひろあき》だ。

芝浦のトラットリアでワインでも飲もうとキャプテンに言われたら、断ることはできない。

そのままタクシーに乗り、十分足らずで店に着いた。

四ツ葉大学は小学校から大学までの一貫校で、品川の本部キャンパスを含め、日吉《ひよし》、信濃町《しなのまち》、湘南藤沢《しょうなん》、その他十学部、十一キャンパスを擁する私立の名門校だ。学生総数は三万三千人、大学院生も合わせると、三万五千人以上のマンモス大学でもある。

そのため、学内のサークルは数え切れないほど多い。大学が公式に認可している体育会系の部、文科系の部だけでも百以上、その下に位置する同好会、愛好会、研究会は二千以上、そして大学に認可届けを出していないサークルに至っては三千とも四千とも言われ、実態を把握している者はいなかった。

〝ヒートウェーブ〟は日本ボードセイリング連盟に加入している同好会で、創部は一九九二年だ。過去には全国大会準優勝二回という実績があり、かつては五十人以上の部員が所属していた。

ただ、ウインドサーフィンというスポーツの性質上、練習は海で行われる。創部以来の伝統で、練習日は毎週日曜、場所は鎌倉の材木座海岸と決まっていた。交通の便が悪いため、毎週通うのは誰にとっても厳しい。

そのため、年々部員数は減り続け、新入部員の三人を含め、総勢十五人という小さなサークルになっていた。四年生の島本が六月末までキャプテンを務めることになったのもそのためだ。

(飲み過ぎたかも)

二次会終わりで帰ればよかったと思ったが、美月たち三人の新入部員の歓迎会なので、ある意味では主役だ。帰るとは言えなかった。

続いて降りてきた三年の佐川、海部音音《かいふねね》、そして同じ一年生の諸井保《もろいたもつ》が歩道に並んだ。すぐ後ろに停まったタクシーから、島本と副キャプテンの田辺晴海《たなべはるみ》、二年生の沢木純子《さわきじゅんこ》、一年生の赤星秀一《あかぼししゅういち》が降りた。

「諸井、ふらふらすんな。もう酔ったのか？」

絡むような言葉を投げた小野が、諸井の肩を小突いた。酔ったのかと言っている小野自身、かなり酔っているようだ。

「大丈夫？」

美月は諸井に目をやった。顔が真っ赤になっている。無理しなくていいのに、と思った。

一次会、二次会と上級生から酒を勧められ、断れないままテキーラのショットを何杯も諸井が飲んだのを見ている。それは赤星も同じで、二人とも足元がふらついていた。

新歓コンパ等、大学の飲み会で上級生が下級生に一気飲みを強要し、急性アルコール中毒で病院に救急搬送されるのは珍しくない。死亡者が出るなど、一時は社会問題になった。

現役、あるいは一浪後大学に入学した者は、そのほとんどが二十歳以下だから、法律上も飲酒は禁じられている。四ツ葉大学では、サークルの新入部員に飲酒を強制してはならないという規則があったが、建前で実際には黙認されている。多少なら飲んでも構わないというのが大学生の、そして社会の暗黙の了解だった。

さすがにキャプテンの島本と副キャプテンの晴海は無理強いしなかったが、七月以降キャプテンになる佐川、そして小野がしつこく酒を勧めていた。ターゲットになったのは男子新入部員の諸井と赤星で、特に諸井に対しては見ていて不快になるほどだった。

理由は美月もわかっている。諸井が地方の高校から受験して四ツ葉大学に入学した〝アウトサイダー〟だからだ。

十年ほど前まで、付属高校から大学に進学した者でなければ入部できないという暗黙のルールが〝ヒートウェーブ〟内にあった。〝リーフボーイ〟〝リーフガール〟と呼ばれる四ツ葉高校卒業者だけのクローズドサークルだ。

だが、部員不足もあり、他の高校出身者も入部を認められるようになった。とはいえ、今も〝四ツ葉高校出身者〟と〝アウトサイダー〟の立場は明確に違う。

〝リーフボーイ〟そして〝リーフガール〟は〝アウトサイダー〟と同一視されることを嫌う。それは伝統でもあった。

ただ、学園創立から百年以上が経っている。付属高校出身者は全体の三割に満たない。そのため、昔と比べると〝リーフボーイ&ガール〟のブランド力は落ちていた。

それでも、どこかに〝アウトサイダー〟への優越感があるのは否めない。諸井が標的になったのはそのためだ。

佐川よりも小野の方が高圧的だったのは、小野自身がアウトサイダーだからだ。本来なら諸井の側に立つべきだが、そうしなかったのは小野の中にコンプレックスがあるからだろう。

とはいえ、ヒートウェーブはあくまでも同好会で、体育会とは違う。上下関係もそれほど厳しくないし、佐川も小野も半分冗談で一気飲みをさせたのは、美月にもわかっていた。

「一、二、三……全員いるな？　じゃあ行こう」島本が海岸通り沿いに建っていた三階建ての瀟洒《しょうしゃ》なイタリアンレストランに顔を向けた。「ポルト・ディ・スペランツァ。オシャレな店だろ？」

イタリア語で希望の港って意味だ、と島本が言った。高級そうだと囁《ささや》いた赤星に、そう思うと美月はうなずいた。

三階建ての建物は、まるで城のようだった。白い外壁をつるバラが蔽《おお》い、周囲に設置された間接照明が全体を幻想的に照らしている。ドイツの名城、ノイシュバンシュタイン城をデザインのモチーフにしているのだろう。

よく来るんですかと尋ねた美月に、まあね、と島本がエントランスの横にあったエレベーターのボタンを押した。

「先輩の親父の店なんだ。予約を入れて、三階のテラス席を貸し切りにしてある。眺めがいいんだよ」

エレベーターに乗り込むと、ゆっくりドアが閉まった。定員九名、という表示がある。ぎりぎりね、と晴海が小さく笑った。

エレベーターが静かに止まり、ドアが開いた。すごい、と思わず美月はつぶやいた。目の前に海が広がっている。

右が日の出桟橋、左が竹芝桟橋、と島本が左右を指さした。

「竹芝桟橋からは、大島だっけ？　フェリーが入出港する。ここからだと見えないけど、インターナショナルホテル竹芝もあって、使い勝手がいいんだ」

お持ち帰りってことですか、とおどけたように小野が言った。冗談は止めろと島本が言ったが、その目が笑っていた。

ボナセーラ、と数人の黒服が頭を下げた。テーブルのセッティングや食事、ドリンクの準備をしていたようだ。

大きな木のテーブルに、ブルスケッタやクロスティーニ、カプレーゼのような軽いつまみと、まだ熱いピザが載っている。座ろう、と島本が言った。

「食べ物はそんなにいらないだろ？　どうしてもって言うんなら、インターフォンでオーダーすればいい」

こちらにございます、と壁を指さした黒服がエレベーターで降りていった。酒は揃ってる、と島本が口を開いた。

「シャンパン、ワイン、ビール、何でもある。飲むなり食うなり、好きにしてくれ」

テラス席には四人掛けのテーブルが四卓置かれ、二十人前後のパーティができる広さがある。

ひとつのテーブルに軽食とワインボトル、そしてアイスバケットに二本のシャンパンが無造作に突っ込まれていた。

去年もここでしたね、と小野がグラスを並べ始めた。

「やっぱり四ツ葉大学は違うなって思いましたよ。こんな高級店を普段使いしてるなんて、さすがっす」

そうでもないんだ、と椅子に座った島本がアイコスをくわえた。

「言っただろ？　安くしてもらってる。大学生価格ってことだ。意外とリーズナブルなんだぜ。貸し切りにしたって、一人五千円だ。ここなら他の客に気を遣わなくていい。大声を出しても、下のフロアには聞こえないからな」

美月ちゃん、と佐川が手招きした。

「ここの最高のポイントを教えるよ。こっちに来て」

テラス席の周りは金網のフェンスで囲われてるけど、と佐川が奥を指さした。

「あそこだけ、海に向かって床が延びている。二メートルぐらいかな？　フェンスはないけど、チェーンが張ってあるから大丈夫。前に出てごらん」

足元をぼんやりと照明が照らしているので、奥が見えた。吹き寄せてくる潮風が心地いい。

スペランツァ名物、タイタニックビューだ、と佐川が後ろに立った。

「三階全体が海に張り出しているから、見えるのは海だけだ。『タイタニック』は観たことあるだろ？　名シーンを再現できるって、評判なんだよ」

アイム・フライング！　と美月は両腕を横に伸ばした。

「本当に飛んでるみたい。気持ちいい……女子なら、みんな同じことしますよね」

夜九時過ぎ、真っ暗な海に月の光が差し、吸い込まれそうなぐらいすべてが美しかった。たった二メートルだが、左右の建物が見えないので浮遊感がある。海と闇に同化してしまいそうだ。

「ロマンティックですよね……佐川さんも音音先輩とここへ来るんですか？」

佐川と音音が付き合っているのは、他の部員から聞いていた。サークル公認のカップルだ。

俺は駄目なんだ、と佐川が口をすぼめた。

「高所恐怖症でさ。それは音音も同じで、だからタイタニックビューに立つのはちょっとね」

フェンスをしっかり摑んでいる佐川に、ワイングラスを手にした音音が近づいてきた。いつも体にフィットした服を着ているが、今日もボディラインが強調されている。

情報工学部の三年生だが、誰も信じないだろう。小野たち二年生が陰で言っているように、エロい姉さん、という表現がよく似合っていた。

ヒートウェーブには男子がキャプテン、女子が副キャプテンになるという伝統があり、三年の女子は音音だけだ。七月からは佐川がキャプテン、音音が副キャプテンを務めるが、水着姿を想像すると、同性なのに妙な感じがした。

「何だよ、諸井。オレの酒が飲めないってか？」

尖《とが》った声が聞こえて、美月は振り返った。小野が両手のシャンパングラスを諸井と赤星に突き付けている。

いいかげんにしとけよと島本が声を掛けたが、最初が肝心なんっすと小野が言った。

「去年、オレだってやられたじゃないすか。これは儀式みたいなもんすよ。飲んでコミュニケーションを深める。島本さんだってそう言ってたじゃないすか」

古《ふる》、と晴海がブルスケッタを口にほうり込んだ。

「小野くんってさ、オヤジ臭いところがあるよね。ノミュニケーション？　もう令和よ？　今時そんなこと言ってるの、小野くんだけよ」

そうすかねと肩をすくめた小野が、飲めって、とグラスを押し付けた。気まずそうに赤星を見た諸井がシャンパンを飲み干し、それに赤星が続いた。

古いと晴海が言ったのはその通りだろう。今時、酒を飲んで親睦を深めようとする大学生はめったにいない。

ただ、小野の中に〝教育〟という意識があるのもわかっていた。入学式は四月五日で、美月たち三人の一年生はその一週間後にヒートウェーブに入部している。それからまだ二週間しか経っていない。

その間、部会と呼ばれる部活日が二回あったが、先輩たちと長く話してはいなかった。美月と赤星は高校も四ツ葉で、一年上が沢木純子、二年上が佐川と音音の代だから、顔だけは何となく覚えていたし、島本はサッカー部、晴海は水泳部で活躍していたから、名前は知っていた。良い悪いの話ではなく、一貫校の良さはそこにある。四ツ葉高校出身というだけで、通じ合うものがあった。

だが、諸井は他校からの受験組だ。共通言語を持たないまま、同じサークルに入っている。どちらかと言えば内向的な性格なので、美月や赤星ともそれほど話ができずにいた。キャプテンの島本たち上級生も同じだ。

最初の部会では新入部員の自己紹介があり、美月たち三人もそれぞれ自分のことを話している。その時も、諸井は言葉数が少なかった。

岡山の私立高校出身で、一浪して四ツ葉大学の経済学部に入学したこと、深川のワンルームマンションで暮らしていること、実家が寺だという話をしていたが、わかったのはそれぐらいだ。

同じサークルに入ったのも何かの縁だし、一年生の部員は三人しかいない。親しくなりたいという気持ちはあったが、声をかけるきっかけがなかった。

新歓コンパは、そのきっかけを作る場でもある。口が重いタイプの諸井に、酒を飲ませて話をさせようと小野が考えているのは確かだった。

埼玉の高校出身の小野も、四ツ葉高校出身者から見るとアウトサイダーだ。二回の部会、そして今日の新歓コンパ、顔を合わせるのは三回目だった。

悪気はない人だ、という印象がある。先輩ぶっているのは、ムードメーカーを気取っているのだろう。

今週末の土曜から連休に入る。その間、部活はないから、今日の新歓コンパでコミュニケーションを深めるしかないと考えているようだ。

それはわからなくもないが、一次会、二次会とさんざん飲まされている。酔っ払った諸井の顔は、赤を通り越して白に近くなっていた。

止《と》めようかと思ったが、それも違う気がした。新歓コンパで上級生が新入部員の男子に酒を飲ませるのは、ある種の通過儀礼だ。下手に止めれば、空気が読めない一年女子ということになりかねない。

「美月ちゃんって、彼氏はいるの？」

肩に手を置いた音音が顔を覗き込んだ。いいえ、と首を振った美月に。本当かい、と佐川が大声を上げた。

「正統派のリーフガールだ。人気あったんじゃないの？　音音もそう思うだろ？」

女子アナタイプよね、と音音が微笑《ほほえ》んだ。

「清楚で、感じもいいし、可愛いし、男子受けするルックスだもの。高校でミスコンに選ばれたのって、あなたでしょ？　うちらは卒業していたけど、大学でも噂になってたのよ」

「高校のミスコンなんて、文化祭の余興みたいなもので、ちょっとした遊びに過ぎません。その場の勢いで選ばれたっていうか……」

ご謙遜を、と佐川が大きく口を開けて笑った。

「四ツ葉高校のミスコンは、マスコミも取材に来るぐらいだ。照れるのはわかるけど、謙遜が過ぎると嫌みになるよ。それにしても、彼氏がいないっていうのは信じられないな。それとも、高校を卒業した時に別れたのかい？　よくあるパターンだけど」

付き合ったことがないんです、と美月は言った。

「それこそあるあるですけど、小学校から四ツ葉だったので、クラスの男子はみんな幼なじみです。男性として意識できないっていうか……高校まではアニメに夢中で、そればっかりでした。さすがにまずいかもって思って、大学生になったら運動系のサークルに入るって決めてたんですけど」

文学部よね、と音音がワインをひと口飲んだ。

「英米だっけ？　あそこは九割が女子だから、学部で彼氏を作るのは難しいかも。ヒートウェーブでフリーなのは三年の菊沢《きくさわ》くんだけど、あんまりオススメできない。でも、連休が明けたら部活が本格的に始まる。材木座海岸は、他の大学のウインドサーフィン部員とかサーファーが集まるから、そこで出会いがあるかもよ」

小野も彼女はいないと言った佐川に、問題外でしょ、と音音が唇を歪めて笑った。

「彼は四ツ葉出身じゃない。菊沢くんはサーフィンバカだから、美月には合わないと思う。それより、同じ一年の方がありなんじゃない？」

振り返ると、小野に命じられるまま、赤星がグラスを空けていた。諸井はテーブルに突っ伏している。

なるほど、と佐川が言った。

「赤星も四ツ葉高校だもんな。それはいいとして、美月ちゃんはどうしてうちに入ったの？スポーツをやりたかったっていうのはわかるけど、リーフガールなら無難にテニスサークルに入ればよかったんじゃないか？」

海が好きなんです、と美月は前を見つめた。アニメ好きなのは本当だが、運動が苦手ということではない。小さい頃はスイミングスクールに通っていたし、泳ぎは得意だ。

高校の三年間、毎年夏休みにはオーストラリアでホームステイしていたが、勧められてウインドサーフィンを始めると、向いているのがわかった。波と風と自分の体がひとつになる瞬間の爽快感は最高だ。

とはいえ、体育会でウインドサーフィンをする気にはなれなかった。毎日ハードな筋トレや十キロ走などの陸トレ、真冬でも毎朝湘南の海へ行くようなことはできない。

四ツ葉大学には、ウインドサーフィンをメインにしているサークルがいくつかあったが、実際には飲みサー化している。その点、ヒートウェーブは毎週練習しているから、バランスを考えると一番自分に合っていると思い、入部を決めた。

もうひとつ、四ツ葉高校出身の先輩が多いということもあった。二年生の純子や、今日は帰ったが三年の中本、宝屋、春原もそうだ。

同じ四ツ葉高校にいた者なら、人間関係のストレスを感じることはない。楽しく過ごせればそれでよかった。

気づくと、佐川と音音がお互いの脚を絡めるようにして話していた。見ていて恥ずかしくなるほど性的な雰囲気に、思わず目を逸らした。

(彼氏か)

暗い海に目を向けた。好きな人はいる。小学生の時から、ずっと想い続けていた人。ヒートウェーブに入った本当の理由は――。

どうした、という鋭い声に美月は振り返った。小野の足元で、諸井が倒れていた。

2

起きろよ、と小野が諸井の肩を揺すっている。赤星が虚《うつ》ろな目で見ていたが、諸井が動く気配はなかった。

両脇に腕を差し入れた小野が、起きろと怒鳴ったが、諸井は目を閉じたままだ。どうしたんだと言った島本に、わかんないっす、と小野がうつむいた。

「三十分……もっと前かもしんないすけど、テーブルに突っ伏して、何も言わなくなったんです。最初は声をかけてたんですけど、面倒になって放っておいたら、赤星が……」

ちゃんと説明して、と島本の後ろで晴海が叫んだ。よくわかりません、と赤星がまばたきを繰り返した。

「様子がおかしいとは思ってたんです。酔っ払って意識がないのはわかってましたけど、何て言うか、死んだみたいに動かなくて……あれだけ飲まされてましたから、大丈夫でしょうかって小野さんに言ったんですけど、放っとけ放っとけって……」

そんなこと言ってねえよ、と小野が睨みつけた。晴海、と島本が顔だけを後ろに向けた。

「医学部だろ？　診てくれ、諸井はどうなってる？　意識がないのか？　急性アルコール中毒とか……」

前に出た晴海が諸井の鼻と口に当てた手をすぐに引いた。

「呼吸していない」

「どういうことだ？」

「口から泡を吹いてる。嘔吐《おうと》したみたい」

「吐いたのか？」

顔を上げた晴海がゆっくり首を振った。

「どれぐらい飲んでたのかわからないけど、血中アルコール濃度が〇・四パーセントを超えると昏睡期に入って意識を失い、脳の麻痺によって死亡する危険性が高くなる。それとも、嘔吐物が喉に詰まったのか……どちらにしても、諸井くんは死んでる」

まさか、と純子が口に手を当てた。どうにもならない、と晴海が立ち上がった。

冗談じゃないぞ、と島本がその肩を強く摑んだ。

「間違いないのか？　小野、何をした？　無理に飲ませるなって言っただろ！」

そんな感じじゃなかったんすよ、と小野が下唇を突き出した。

「飲め飲めって煽《あお》ったのは認めます。だけど、キャプテンだって笑ってたじゃないすか。口では止めとけって言ってましたけど、そんなつもりはなかったでしょ？　赤星、島本さんがオレを止めてたのを見たか？」

いえ、と赤星が顔を伏せた。佐川さんだって、と小野が向き直った。

「オレと一緒になって、一気飲みさせてましたよね？　そうでしょ？　俺は関係ないみたいな顔しないでくださいよ！」

二次会までだ、と佐川がスマホを取り出した。

「この店に来てからは、諸井とも赤星とも話してない。お前の責任だ、と言ってるわけじゃないぞ。大学の新歓コンパなんだ、どんなサークルだって一年生に酒を飲ませるさ。ただ……まずいことになったな。警察か救急か、どちらかに通報しないと――」

待て、と島本が佐川の手を払った。スマホが床に飛んだ。

「警察はまずい。大学が知ったら大変なことになる」

「ヒートウェーブが廃部になるとか？」

晴海の問いに、それじゃ済まないと島本が握った拳でテーブルを叩いた。

「いいか、事件になったら責任を問われる。キャプテンの俺、副キャプテンの晴海はもちろん、ここにいる全員の責任ってことだ。意味がわかるか？」

全員がお互いの顔に目をやり、口をつぐんだ。俺は就職の内定が出ている、と島本が左右を見回した。

「スミカワ第一銀行だ。でも、こんなことが起きたとわかれば、内定取り消しはもちろん、まともな会社には就職できない」

あたしは医学部だから、まだ卒業まで三年あると晴海が言った。

「でも、医師は常に倫理観を問われる職業よ。医学部に残れるかどうかもわからない。佐川くんや他のみんなも同じ。こういう時代だから、新入部員が急性アルコール中毒死したってニュースは、SNSを通じて一気に広がる。実名が出るかもしれない。そうなったら……」

最悪だ、と小野が両手で顔をこすった。真っ青な顔のまま、純子が口を開いた。

「小野くんも、佐川さんも、島本キャプテンや他の人も、諸井くんが死ぬなんて思ってなかった。そうですよね？　当たり前ですけど、殺そうなんて考えてたはずもありません。これは事故で……」

殺意なんてあるはずない、と島本が大きく息を吐いた。

「当然だろう。諸井とまともに話したこともないんだ。初めて会ったのはサークルの説明会に来た時で、入部が決まってから自己紹介やら何やらあったけど、下の名前も覚えてないんだぞ？　そんな奴を殺そうなんて、誰が考える？」

だから事件扱いにはならないと思うんですと言った純子に、甘いよ、と島本がテーブルを蹴った。

「警察に事情を話せば、事故として処理されるだろう。大学は活動停止処分を命じて、それで事を収めるさ。だけど、諸井の親や友人たちは俺たちの責任だって責める。人殺し呼ばわりされてもおかしくないんだ。ネットに拡散した情報は、どうやったって消せない。俺たち全員が死んだ後も残るんだ。佐川も音音ちゃんも、就活を始めてるだろ？　二年生だって、そんなに先の話じゃない。一年の二人もいずれは同じ立場になる。それでもいいのか？」

まずいのはわかってます、と佐川が椅子に座った。

「就職が決まっても、どこかから噂が回って、駄目になることもあり得ます。友達との関係や恋愛や結婚もそうです。人生そのものが破綻しかねません。だけど、じゃあどうするんだって話ですよ。医学部の晴海先輩が死を確認しているんです。諸井は生き返りません」

ぼくたちと諸井が三次会へ行ったのは他の部員も知ってます、と佐川が先を続けた。

「諸井の死体を隠すとか、そんなことはできませんよ。新入部員が入部早々姿を消したら、大学だって親だって、どうなってるんだって話になるでしょう。警察が調べれば、この店にぼくたちが来たのはすぐわかります。テラス席に上がってきた時、店員がいたのは覚えてますよね？　ぼくたちと消えた諸井の間に、何かあったんじゃないかって警察に話すでしょう。そうなったら終わりで――」

海に捨てたら、と音音がワイングラスを片手に言った。冗談は止めろと佐川が肩をすくめたが、待て、と島本が一歩前に出た。

「……海に捨てろ？　どういう意味だ？」

言葉通りの意味です、と音音が横を向いた。

「諸井くんが酔っていたのは確かですよね？　佐川くんも小野くんも、彼に酒を無理強いしていなかったとしたら？　一人で勝手に飲んで、酔っ払っていた。あたしたちは話に夢中で、彼の様子に気づかなかった」

だとしたらどうなる、と島本が唾を飲み込んだ。諸井くんはテラス席を一人でうろうろしていた、と音音が辺りを見回した。

「泥酔していたから、タイタニックビューのチェーンをフェンスだと勘違いして、寄りかかった。足が滑ったとか、そんな感じで海に落ちたのかも。でも、あたしたちはそれに気づかなかった。だって、話し込んでいたから」

続けて、と晴海が男のように腕を組んだ。あたしたちは帰ることにした、と音音が腕時計を見た。

「今、十時二十分です。電車があるうちに帰ろうって誰かが言った。その時になって、諸井くんがいないことに気づいた。もちろん探したけど、隠れる場所なんてないから、先に帰ったんだろうと全員が思った」

酔っていたのは確かだし、気分が悪くなって店を出たのかもしれない、と小野がうなずいた。

「まさか海に落ちたなんて、誰も思わないっすよ。そうでしょ？」

諸井が帰ったと思い込んで俺たちも店を出た、と島本が口元を歪めた。

「諸井のことを心配する理由なんてない。女子ならともかく、男だからな。海岸通りで引っ繰り返っていても、何があるわけじゃない」

明日か明後日か、いずれは諸井くんの死体が見つかると晴海が言った。

「あたしたちはその知らせを聞いて、まさかって口々に言う……音音が言いたいのはそういうこと？」

さあ、と音音が海に目を向けた。それなら諸井の自己責任だ、と島本がうなずいた。

「もちろん、俺たちの責任も問われるだろうが、あいつは大学生だし、家に帰るまでお守《も》りする必要はない。不可抗力の事故ってことになる」

でも、と純子が目元を拭った。涙が頬を伝っている。

「それって……犯罪になりませんか？　死体遺棄とか……」

音音が言ってるのは、と島本が純子の手首を摑んだ。

「諸井が酔っ払って海に落ちたってことだ。俺たちはそれに気づかなかった。意味はわかるだろ？　ここにいる全員が黙っていれば、本人の不注意による事故で済む。それで万事丸く収まる。いや、収めなきゃならないんだ」

オレらは諸井のことをよく知らない、と小野が床に座り込んだ。

「そうだろ、純子？　諸井が岡山の寺の息子で、一浪して四ツ葉大の経済学部に合格したのは聞いてる。でも、会うのは三回目だ。言い方は悪いけど、赤の他人も同然だよ。そんな奴のために、どうしてオレらが人生を棒に振らなきゃならないんだ？」

諸井も俺たちも運が悪かった、と佐川が舌打ちした。

「こんなことになるなんて、誰も思ってなかった。あいつが死んだからって、その責任を取る理由があるか？」

落ち着け、と島本が二人の間に入った。

「今、十時半だ。この店から一番近いのは竹芝駅で、ゆりかもめに乗れば新橋まで行ける。山手線の浜松町駅までは七、八分だろう。十一時までにここを出れば、電車で帰れる。まだ時間はある。もう少し考えよう」

もう少しって、と晴海が島本の肩を小突いた。

「ホント、男ってこういう時使えないよね。選択肢は二つしかない。警察に通報するか、諸井くんの死体を海に捨てるか。どっちにしても結果は同じで、事故ってことになる。でも――」

通報すれば俺たちの責任が重くなる、と佐川が暗い声で言った。

「少なくとも、道義的な責任を問われる。諸井はまだ二十歳になっていない。酒を飲ませた俺たちに責任があるのは確かだ。下手をすれば、親に訴えられるだろう。俺たちのキャリアは、その時点で終わりだ」

諸井くんが自分の不注意で海に落ちたとすれば、と晴海が全員の顔を順に見つめた。

「それは本人の過失による事故で、あたしたちのことを責める者は誰もいない。彼は死んでいて、それはどうにもならない。海に捨てても、痛みを感じるわけじゃない。だったら……」

あたしたちにとって一番迷惑な死に方をしたのよ、と音音が残っていたワインを飲み干した。

「正直、諸井くんに悪いなんて思わない。あたしたち八人の将来を考えたら、結論はひとつしかないんじゃない？」

簡単に言うな、と島本が首を振った。

「晴海も音音ちゃんも、怖いこと言うよな……とにかく、二人の意見はわかった。佐川はどうだ？」

仕方ないでしょうね、と佐川が肩をすくめた。お前は、と島本が小野の腕を取って立たせた。

「……どっちかしかないって言うんなら、オレもそうするしかないって思いますよ」

そうだろ、と小野が押さえ付けるように言うと、目を逸らした純子が小さくうなずいた。俺も同じだ、と島本が言った。

「でも、多数決で決められる話じゃない。赤星、美月ちゃん、君たちはどうだ？　正直に言ってくれ。二人は一年生で、新入部員だ。責任を問われたとしても、たいしたことにはならない。全員一致じゃないと、結論は下せない」

六人の視線が刺《とげ》のようだった。美月に目をやった赤星が顔を伏せた。

「トラブルに巻き込まれたくありません。父に迷惑をかけるわけには……」

赤星の父親は港区の区議だ。いずれは参議院選挙に出馬すると美月も聞いたことがある。

同好会の新歓コンパで、息子と同じ一年生が急性アルコール中毒死したとニュースになれば、イメージダウンは免れない。それだけは避けたいと考えているのだろう。

「美月ちゃん、後は君だけだ」これだけは言っておく、と島本が口を開いた。「君が同意すれば、タイタニックビューから諸井を海へ落とす。誰にも話さないと誓えるか？　他はどうだ？　誰か一人でも口外したら、全員の人生が終わる。今、この場で通報してもそれは同じだが、良心の呵責《かしゃく》はなくなるだろう。よく考えて、答えを出してくれ」

考えることなんてない、と晴海が叫んだ。

「誰も諸井くんを死なせるつもりなんてなかった。嫌いでもないし、恨みもない。悪意なんて、あるはずもない。これは事故で、どう処理するかだけの問題よ。あたしたちに責任が及ばないようにした方がいいのはわかるでしょう？」

美月は赤星に目を向けた。通報するべきだ、という思いがあった。

諸井と初めて会ったのは、ヒートウェーブの最初の部会だ。島本に引き合わされたが、ほとんど話していない。

四ツ葉高校の同級生で、同じクラスだった赤星のことはよく知っている。ヒートウェーブに入会した本当の理由は、赤星が入ったと聞いたからだ。

中学生の時から好きだった赤星と一緒にいたかった。今まで同級生や先輩、二十人以上に交際を申し込まれたが、断り続けたのは心の中にいつも赤星がいたからだ。

諸井の死は事故によるもので、誰の責任でもない。運が悪かったとしか言いようがない。

毎年、数人が大学のコンパで急性アルコール中毒死しているが、諸井もその一人に過ぎない。

それでも、警察に通報するのが正しい選択だろう。人としての義務だ。

ただ、島本たちの立場もわかっていた。自分も赤星も、責任を問われなくても、四年間の大学生活は真っ黒な雲に覆われることになる。

そんな日々に耐えることはできない。自分の性格の弱さを、美月はよく知っていた。

黙っていれば、すべてを忘れれば、何もなかったことになる。平穏な生活を送り、キャンパスライフを楽しむことも、未来を守ることもできる。

「何も……見ていません」震える唇から、囁きが漏れた。「諸井くんに何があったのか、気づきませんでした。酔っ払って先に帰ったと思ってたんです」

決まりだ、と島本が手を叩いた。

「佐川、小野、手を貸せ。赤星もだ。俺たち四人で諸井の手足を持ち、タイタニックビューから放り捨てる」

その意味は美月にもわかった。全員を共犯にするための指示だ。

「持ち上げろ……足元に注意して運べ」

四人の男がそれぞれ諸井の手足を摑み、タイタニックビューへ向かった。誰もいない、と島本が小声で言った。

「海は真っ暗だ。誰も気づきはしない。タイミングを合わせろ。ワン、ツー、スリーで手を離す。いいな？」

待って、と晴海が叫んだ。間接照明に照らされた顔が青くなっていた。

「……アルコールの過剰摂取による呼吸停止か、嘔吐物を喉に詰まらせて窒息死したのか、正確な死因はわからないけど、諸井くんはもう死んでいる。解剖すれば、彼の死因が溺死ではないとすぐにわかるし、死人が立ち上がって海に落ちるなんてあり得ない。誰かが海に落としたって、警察も考えるはず」

どうします、と佐川が諸井の腕を摑んだまま顔を上げた。大丈夫だ、と島本が自分に言い聞かせるように大きな声で言った。

「諸井がタイタニックビューで飲んでいたのを見たと警察に話せばいい。死因が何であれ、ここで死に、チェーンに倒れかかって、そのまま海に落ちた。晴海、それで説明はつくな？」

ありえないとは言えない、と晴海がうなずいた。やるしかないんだ、と島本が三人の男に視線を向けた。

「行くぞ……ワン、ツー、スリー！」

四人の男が同時に手を離した。一瞬、宙に浮かんだ諸井の体がそのまま落下していった。

美月は顔を両手で覆った。見ている方が怖かった。

すぐに小さな水音が聞こえた。諸井の体が海に落ちた音だ。

十一時五分前だ、と額の汗を拭った島本が腕時計に目をやった。

「すべて忘れろ。たった今、この場でだ。エレベーターで一階に降りる。全員、このまま家へ帰れ。支払いは俺がしておく。明日は土曜で、大学は休みだ。誰も諸井がいないことに気づかない」

「その後は？」

佐川の問いに、いずれ警察が諸井の死体を発見すると島本が言った。

「夜が明ければ、誰かが海に浮かんでいる死体に気づき、警察に通報するだろう。免許証か学生証で諸井の身元が確認され、警察は大学に問い合わせの連絡をする。先週、部員名簿を提出しているから、ヒートウェーブの部員なのは大学もわかっている」

「それで？」

キャプテンの俺に大学から連絡が入る、と島本が自分を指さした。

「新歓コンパがあったこと、三次会でこの店に来たことを話す。諸井の死体を海に落としたこと以外、嘘はつかない。いや、諸井が勝手に酒を飲み、酷《ひど》く酔っていたと話そう。先に帰ったと思っていたってな……その後、全員が警察の事情聴取を受けることになるかもしれないが、何も知らない、何も見ていない、気づかなかった。そう答えろ。心配するな、これは事故だ。警察もしつこく追及することはない」

お前ら裏切るなよ、と小野が血走った目で美月と赤星を睨みつけた。

「何も言わなけりゃ、それですべて無事に終わるんだ。こんなことで人生に傷をつけたくないだろ？　後はキャプテンに任せて、このままバラけよう。いいか、何もなかったんだ。わかったな！」

エレベーターのボタンを押した音音が、乗ってと言った。島本を先頭に八人全員が乗り込むと、ドアが閉まった。

今夜は誰とも話すな、という島本の声が狭い箱の中で響いた。

「家族、友人、恋人、誰ともだ。様子がおかしいと思われるとまずい。諸井の死体が発見されるまで、誰とも連絡を取るな」

ドアが開き、島本が一階にあるレジへ向かった。無言のまま、小野が竹芝駅へ逃げるように走り、純子がその後に続いた。

佐川と晴海、そして音音が海岸通りを走っていたタクシーを拾い、品川方面へ去って行った。

大丈夫か、と赤星が美月の手を取った。

「済まない……警察に通報するべきだと思ってたんだろ?」

そうだけど、と美月は赤星の手を握り返した。

「でも……他にどうしようもなかった。そうでしょ? だって、誰も悪くない。諸井くんが不運だっただけ」

両眼から溢《あふ》れ出した涙を、赤星が伸ばした指先で拭った。

「そうだ、誰も悪くない。諸井も含めてだ。あれは事故で、誰にもどうすることもできなかった」

諸井くんには悪いと思ってる、と美月は顔を伏せた。

「死体を海に落とすなんて……そんなの許されるはずもない。だけど、島本さんや他の先輩たちが言ってることもわかる。ああするしかなかったのも……でも、わからない。赤星くん、どうすればよかったの?」

ぼくにもわからない、と赤星が握った手に力を込めた。

「ただ……今となっては、すべて忘れるしかない。今夜は帰ろう。島本さんが言ってたように、夜が明ければ諸井の死体が見つかるだろう。だけど、ぼくや君のところに連絡が入るのはずっと後だ。お父さんやお母さんとも、顔を合わせない方がいい。顔色が悪いけどどうしたのって聞かれたらまずい。酔っ払ったと言って、自分の部屋に入るんだ」

「赤星くんは？」

ぼくも同じだ、と信号が青になった横断歩道を赤星が渡った。

「両親とも姉とも話さない。新歓コンパで飲まされたと言えば、おかしいとは思わない。警察から連絡があるまで、家にいるよ」

急ごう、と赤星が浜松町駅に向かって歩きだした。

「家は恵比寿だったね。ホームまで送る。ぼくは虎ノ門だから、逆方向だ。心配しなくていい、君のことはぼくが守る」

怖い、と美月は赤星の腕にすがるようにして歩を進めた。

「警察の人が家に来たら？　事情聴取なんて、どう答えればいいのかわからない。あたし一人じゃ、どうすることも――」

ぼくがついてる、と赤星が肩を抱き寄せた。

「いいかい、今回の件は君の責任じゃない。それだけは言い切れる。諸井の死と君は無関係だし、気づいてもいなかった。諸井の死体を海に捨てたのも、島本さん、佐川さん、小野さんとぼくの四人で、君は指一本触れていない」

「そうだけど……」

君は混乱していた、と赤星が駅へ続く階段を上がった。

「それでも、ぼくを守るために沈黙を選んだ。ぼくだって、父のことは言い訳で、君のために島本さんの指示に従うしかないと思った。後悔していないと言ったら嘘になる。警察に通報するべきだったのかもしれない。でも、ぼくは……君を守りたかった。こうなった以上、何もなかったことにするしかないんだ」

わかった、と美月はうなずいた。会話がそこで途切れた。

夜十一時を過ぎていたが、浜松町の駅は混雑していた。金曜の夜ということもあるのだろう。サラリーマンやOLが大声で話す声が聞こえた。

大丈夫だ、と改札を抜けたところで赤星が手を離した。

「怯えることなんて何もない。諸井の死は誰にも止められなかった。だから、ぼくたちが責任を被る理由なんてない。選択肢は一つだけだったんだ」

「でも、あんなことをするなんて……」

何も言うな、と赤星が自分の唇に指を当てた。

「家に帰ったら、全部忘れるんだ。島本さんたちも自分の立場をわかっている。真実を話せば、人生が終わるってね……だから、誰も裏切らない。絶対だ」

「赤星くんは……本当にあたしを守ってくれる？」

もちろんだ、とホーム階まで降りた赤星がうなずいた。

「諸井のことは八人だけの秘密だ。でも、ぼくと君にとってはもっと重要な問題だ。葛藤や恐怖、後悔もあるだろう。辛い時はいつでも連絡してくれ。君のためなら、どんなことだってする」

ホームに電車が入ってきた。気を付けて、と赤星が背中を軽く押した。

「大丈夫だ、全部ぼくに任せればいい」

信じてるとつぶやいた時、ドアが閉まった。赤星と視線が絡まり、そのまま電車が動き出した。

手を振っていた赤星の姿が見えなくなった。ドアに頭を押し当てて、美月は涙を堪《こら》えた。

Wind2 手紙

1

〈警察が諸井の死体を発見した〉

島本からのＬＩＮＥが届いたのは、土曜日の午後一時だった。美月は自宅の部屋でスマホを何度もスワイプした。

昨夜、帰宅したのは十二時少し前だ。遅いじゃない、とリビングにいた母に声をかけられたが、頭が痛いとだけ言って部屋に入った。

お風呂はどうするの、と母がドアをノックしたが、返事はしなかった。新歓コンパだと話していたから、酔っているぐらいにしか思わなかっただろう。

汗で肌に張り付いていた紺のフレアースリーブブラウスを部屋着に着替え、明かりを消してからベッドに横になった。考えていたのは諸井のことだ。真っ青な顔が頭から離れなかった。

佐川にしても小野にしても、悪意があったわけではない。一気飲みを強いたのはパワハラと言うより、その場の勢いだし、流れだった。

他の上級生たちも止めなかった。それぐらい普通だ、という感覚が誰の中にもあったに違いない。

パワハラはハラスメントを受けた側の認識による。諸井も、そして赤星も、ある程度は仕方ないと最初から思っていたはずだ。

どんなサークルでも、新歓コンパは似たようなものだろう。体育会系の部なら、もっと酷いことをされてもおかしくなかった。

諸井はアルコールに弱かったのだろう。一次会、二次会でもビールやワインを飲んでいたが、その時から足元が怪しかったし、顔色も悪かった。

他に新入部員が数人いれば、佐川や小野のターゲットも分散していたはずだ。男子の新入部員が二人しかいなかったのが、今回の事故の原因と言っていい。

体調、アルコール耐性、その他すべての要素が悪条件となった。最も不運なのは諸井だが、あの場にいた八人も運に見放されていたのだろう。諸井自身はもちろん、キャプテンの島本をはじめ、佐川や小野、他の部員たち、誰の責任でもない。

ただ、諸井が三階のテラス席から海へ落ちたように偽装したのは間違いだった。取り返しのつかない罪を犯した、という後悔の念があった。

警察や救急に通報しても諸井は生き返らない、突発的に起きた事故の責任を取る必要はない、責任を回避するには死体を海に捨てるしかない、という島本の意見に全員が従った。

通報するべきだった、と美月にはわかっていた。犯罪だからではない。人間としての一線を踏み越えることになるからだ。

（でも）

眠れないまま、考え続けた。諸井の死は自己責任だ。もう飲めないとはっきり言えば、それ以上無理強いされることはなかっただろう。どうして断らなかったのか。

矛盾した考えが頭の中を空回りし、後悔と自己正当化の波が交互に押し寄せ、そのたびに涙が溢れた。諸井への謝罪を口にした一分後には、どうしてこんな目に遭わせるのと責める。それが果てしなく続いた。

一睡もできないまま夜が明けた。美月は部屋を出なかった。

朝ごはんどうするの、と一階から母の声がしたが、二日酔いとだけ答えて毛布をかぶり、固く目をつぶっているうちに、スマホが小さく鳴った。島本のＬＩＮＥだった。

今朝早く、海に浮かんでいる諸井の死体をジョギングしていた近隣住人が発見し、警察に通報したこと、四ツ葉大学の学生だとわかり、学生課の職員が竹芝へ行き、写真で本人だと確認してから岡山の両親に諸井の死を伝えたという。島本に連絡があったのは、その一時間ほど後のようだ。

新しい情報が入るたび、島本が全員にＬＩＮＥを送り、その間美月はネットニュースをチェックしていた。心の中には怯《おび》えしかなかった。状況を説明する長文のＬＩＮＥが島本から届いたのは、午後七時だった。

諸井のことで何か知っているかと大学と警察に質問され、昨夜ヒートウェーブの新歓コンパがあったと答えた。その後何度か連絡が入り、呼び出しに応じて夕方四時過ぎに大学へ向かった。

学生課の職員が立ち会う中、刑事から昨夜何があったか詳しい説明を求められ、新歓コンパの三次会で竹芝のイタリアンレストランへ行ったこと、諸井を含め九人の部員がいたこと、全員が酔っていたことを話した。

事前の打ち合わせ通り、三次会では誰も諸井に酒を強制していなかった、止めたが自分から酒を飲んでいた、注意して見ていたわけではないと認めた上で、終電の時間が近づいていたので解散したが、かなり酔っていた諸井は先に帰ったのだろうと思ったと証言したという。

三十分ほどで帰されたというから、刑事も大学の職員も島本の話を信じたのだろう。美月は安堵のため息をついた。

〈ただ、今夜中にヒートウェーブの部員全員、特に三次会の場にいた者に連絡して確認を取ると刑事が言っていた。連絡先を知りたいと言われて、教えるしかなかった。電話があるはずだが、何も覚えていない、何も見ていない、何も気づかなかったと答えるように〉

それが島本の指示で、読み終えたらＬＩＮＥを全文削除しろと最後に書いてあった。

警察から電話があったのは、島本のＬＩＮＥを読み終えた直後だった。諸井さんが亡くなりました、と丁寧な口調で言った刑事がいくつか質問したが、酔っていたので記憶がありませんと答えると、明日の朝八時にヒートウェーブの全部員を集めて事情を聞くので、必ず来てくださいと刑事が言った。

四ツ葉大生が海で転落死、という速報がネットニュースに上がったのは、それから二時間ほど経った頃だ。何も考えられないまま、ベッドに倒れ込んだが、頭痛が酷くなり、ほとんど眠れなかった。

翌朝八時、大学の学生課へ行くと、その場で事情聴取が始まったが、形式に過ぎないと刑事は話していた。諸井の死は事故だと考えているのが、態度や言葉遣いでわかった。

事情聴取が終わると、学生課の職員から説明があった。諸井の死は変死扱いとなるので、解剖に回されたという。

昨夜、諸井の両親が岡山から東京へ駆けつけ、遺体と対面したが、変わり果てた息子の姿に泣き崩れるだけで、立ち会った自分も辛かったと職員がため息をついた。残念ですと島本が言ったが、美月は目を伏せているしかなかった。

諸井の死はテレビや新聞のニュースになった。美月は怖くて見ていないが、思っていたより扱いは小さかった、と後で赤星に聞いた。

四ツ葉大生、新歓コンパで転落死、不運な事故、溺死体発見、サークルの飲み会、未成年の飲酒、再発防止、というようなワードで取り上げられただけだという。

その後、諸井の死は事故によるものとして処理され、すべてが終わった。大学はヒートウェーブに対し一年間の部活停止を命じたが、それも想定内だった。

すぐ連休に入ったが、すべての予定をキャンセルして自宅から出なかった。何もする気になれなかったし、喪に服すつもりもあった。

連休が明け、大学に通うようになったが、家と大学を往復するだけの日々が続いた。島本たちと連絡を取ることも、ほとんどなかった。

ただ、赤星とだけは頻繁に会うようになっていた。どう言い繕っても、罪の意識は消えない。いつも不安だった。赤星と一緒にいると、その気持ちが薄らいでいった。

あの時何が起きたのか、知っているのは八人だけだが、上級生との関係性は薄く、何でも話せるわけではない。赤星には不安や後悔を打ち明けることができた。励ましてくれる赤星がいなければ、どうなっていたかわからない。

夏期休暇を経て、秋に入った頃、自然と男女の関係になった。二人でいる時は、諸井のことを忘れられた。

時が美月を癒し、次第に嫌な記憶が薄れていった。クリスマスを迎える頃には、諸井を思い出すこともなくなった。

あの時、あの場にいた八人に落ち度はなかった。責任を取る理由はない。毎日、自分に言い聞かせているうちに、いつの間にか罪の意識が消えていた。

忘れたわけではない。きっかけがあると諸井の顔が脳裏を過《よぎ》り、その時は落ち込むが、長くても数日だ。その頻度も減っていた。

年が明け、後期試験の準備を始めたのは一月半ばだった。四ツ葉大学は全学部が二月第二週の一週間を後期試験に充てているが、その後、約二週間の大学入試試験がある。学生にとっては、試験休みの期間だ。

美月のもとに一通の手紙が届いたのは、三月一日のことだった。

2

『謹啓　早春の候、皆様方には益々ご健勝のこととお慶び申し上げます。月日の経つのは早いもので、昨年、息子の保を亡くしましてから、まもなく一周忌を迎えます。つきましては下記の通り、ささやかな法要を営みたく存じます。ご多忙中恐縮とは存じますが、ご参列賜りたくお願い申し上げます。敬具
日時：令和三年四月二十四日（土曜日）午後六時より

場所：都睦寺《とむつじ》
住所：岡山県城果郡烏野原《うのはら》村字烏野2－57－1
・なお、法要後は供養の粗餐《そさん》をご用意しております。お手数ではございますが、四月一日までに同封の返信用葉書にて、ご都合をお知らせください。令和三年二月　諸井剛《つよし》』
諸井保の一周忌法要案内状を読み上げた島本が、どうする、と左右に目を向けた。美月たち七人は、互いに顔を見合わせた。

四ツ葉大学のカフェテリアに、休部中のヒートウェーブ部員八人が集まっていた。まだ寒い時期だが、テラス席に席を取ったのは誰にも話を聞かれたくないと考えたためだ。

「他の部員に聞いてみたが、この案内状が届いたのは俺たち八人だけだ」島本がテーブルに封筒を載せた。「別に手紙がついていただろ？」

うなずいた佐川がコートのポケットから一枚の便箋を取り出し、文面を読み上げた。

『ご無沙汰致しております。諸井保の父、剛でございます。生前、保が大変お世話になりましたことを、改めて感謝致します。

東京での告別式の際にはろくに挨拶もできず、大変失礼致しました。あの時話しましたように、諸井家は岡山県の烏野原村にある都睦寺の住職を代々務めております。こちらの都合で申し訳ありませんでしたが、東京で火葬し、それを告別式に代え、本葬は実家の寺で執り行いました。

少しの時間ですが皆様とお話しさせていただき、保の死を悼み、手を合わせていただいたこと、また部員の皆様が保を歓迎していたと伺い、不幸な事故で亡くなりました息子も不憫《ふびん》ではありますが、皆様方にご迷惑をおかけしたことをお詫び申し上げます。

大学職員の方に伺いましたが、入学してひと月も経たないうちに、あのような形で亡くなったため、息子には親しいクラスメイトがいなかったということでした。大学とはそういうもので、部活やサークル活動等を通じて友人を作るものだと私も存じております。

同封した案内状にありますように、四月二十四日の土曜日、都睦寺で保の一周忌を執り行うこととなりましたが、親戚、保の地元の友人に加え、最後に息子と会っていた皆様にもご参列をお願いしたく、手紙をお送りする次第です。

生前、保から電話があり、ヒートウェーブというウインドサーフィンのサークルに入会し、先輩、友人ができたと嬉しそうに話していたことを、今もはっきりと覚えております。お忙しいところ申し訳ありませんが、飛行機のチケットを同封しておりますので、ぜひご参列いただきたく存じます。

遅い時間から始まりますが、都睦寺の慣例でございますのでご了承ください。当寺には宿泊用の部屋がございます。準備を整えておきますので、ご安心ください。

保から最後に連絡があったのは、亡くなる二日前でした。その時もヒートウェーブの話ばかりしておりました。

皆様ともう一度会いたい、と本人も思っていることでしょう。ぜひご参列を賜りたく、よろしくお願いいたします』

読み終えた佐川が、どうしますか、と尖った顎に手をやった。岡山か、と晴海が男のような口調で言った。

「羽田からだと一時間十五分、近いと言えば近いけど……」

近くはないでしょ、と音音が苦笑した。行かないとダメですかねと肩をすくめた小野に、それを相談するために集まったんだ、と島本が言った。

「俺は今月末に卒業して、四月からは銀行マンだ。とはいえ、佐川に全部押しつけるわけにもいかない。あの時何があったか知っているのは、ここにいる八人だけだ。今さらキャプテンぶるつもりはないが、みんなの意見を踏まえて、どうするか決めたい」

行きたくないです、と小野がテーブルを強く叩いた。

「あれは事故で、責任があるとすれば諸井本人っすよ。土日潰して、岡山なんか行きたくありませんね」

あたしは行った方がいいと思う、と純子が小野に視線を向けた。

「責任はないって言うけど、やっぱり……何パーセントかはあるでしょ？　もっと早く気づいていれば、諸井くんは死なずに済んだかもしれない。告別式に行ったけど、ご両親にきちんとお悔やみを言えなかった。それがずっと引っ掛かっていて……」

俺もそう思う、と島本がうなずいた。

「あの時の判断は、それなりに正しかったと思ってる。責任を問われることもなかった。ただ、そのために諸井を……言い方は悪いが犠牲にしたのは確かだ。謝りたいという気持ちがある」

反対、と音音が手袋をはめたままの手を上げた。

「行ってどうなるんです？　手を合わせて冥福を祈れば、それで気が済む？　そんなの、勝手過ぎません？　だいたい、謝るようなことはしてない。もちろん、諸井くんに悪いことをしたって思ってるし、死を悼む気持ちもあります。でも、わざわざ岡山まで行くようなことかなって」

そうでしょ、と肩を叩かれた佐川が、難しいところだと言った。

「告別式に同じクラスの奴は来てなかっただろ？　手紙にも書いてあるけど、大学であいつと付き合いがあったのは、ヒートウェーブの部員だけだったんだ。それを考えると、行ってやらなきゃまずい気もする」

一年の二人はどうなの、と晴海が目を向けた。

「赤星くんと美月ちゃんの意見は？」

行った方がいいと思います、と美月は晴海を見つめた。

「赤星くんとも話したんですけど、どこかで区切りをつけなきゃいけないって……諸井くんのことを忘れるためには、一度きちんと謝罪するべきで、一周忌法要はそのための場だと思うんです」

彼女の言う通りです、と赤星が唇を強く嚙《か》んだ。一周忌法要の案内状と手紙が届いた時、二人で話し合い、参列すると決めていた。

全員一致じゃなくてもいいんだ、と島本が軽く手を叩いた。

「諸井のご両親だって、強制しているわけじゃない。ただ、やっぱり……岡山へ行った方がいいと俺も思ってる」

さすがキャプテンね、と横を向いた晴海が皮肉な笑みを浮かべた。やめろよ、と島本が顔をしかめた。

以前、二人が付き合っていたのは、美月も知っていた。佐川と音音のように、べたべたした関係ではないが、二年の終わり頃に交際を始めたと他の先輩から聞いていた。

だが、一年ほどで別れたようだ。島本が純子と親しくなり、晴海に別れ話を切り出したというが、それ以上詳しいことは知らなかった。

他の部員とキャンパス内ですれ違っても、頭を下げるぐらいで、話さないようにしていた。諸井のことを思い出したくなかったからで、それは誰もが同じだっただろう。

今日、八人全員が集まったのは、去年の連休明け以来だった。島本と晴海、そして純子の関係についても、風の噂で聞いただけだ。

それでも、晴海の苛立った顔を見れば、島本と別れたのが本当だとわかった。後輩に恋人を奪《と》られたのだから、不快なのは想像がついた。

「晴海はどうなんだ？　行く気があるのか、それともないのか――」

行きたいわけじゃない、と横を向いたまま晴海が言った。

「でも、いろいろ考えると、行った方がいいんだろうなって……あの時、あたしたちは自分たちを守るために嘘をついた。それが正しいとか、間違ってるとか、今さら言う気はない。ただ、諸井くんに申し訳ないっていう気持ちはある。音音だってそうでしょ？」

音音がしかめ面のままうなずいた。諸井くんや彼の両親に直接謝罪することはできない、と晴海が唇に人差し指を当てた。

「だけど、一周忌法要の席で、心の中で詫びるべきなんじゃないかって……それに、ご両親は飛行機の手配や、泊まる場所の用意もしている。本当にあたしたちに来てほしいのよ。そうじゃなきゃ、ここまではしないでしょ」

オレだって、と小野が腕を組んだ。寒さのため、息が白くなっていた。

「責任は感じてますよ。諸井に一気飲みをさせたのはオレと佐川さんで、だからあいつが死んだってわけじゃないすけど……」

人のせいにするな、と佐川が目を剝《む》いた。

「俺は無理強いなんかしてない」

でも止めなかったじゃないすか、と小野が唇を尖らせた。

「それはみんな同じですよ。責任逃れに聞こえるかもしれないですけど……」

連帯責任だな、と島本が苦笑した。

「止めなかった責任は、俺たちにもある……やっぱり、一周忌法要に出席するべきなんじゃないか？　諸井に悪いことをしたと、みんなもどこかで思ってるはずだ。美月ちゃんが言ったように、すべてをリセットするにはいい機会かもしれない」

確かにそうかも、と音音が諦めたように息を吐いた。ちょっとした小旅行と思えばいい、と佐川が微笑んだ。

お前はどうするんだと視線を向けた島本に、わかりましたよと小野が言った。

「これでオレだけ行かなかったら、すげえ悪者みたいじゃないですか。いいっすよ、行きますよ。どうせ土日だし、暇っすからね」

コーヒーカップをテーブルに置いた島本が、返信用の葉書の出席という文字に丸を書いた。全員が葉書を取り出し、ペンを握った。

3

これが桃太郎空港か、とターミナル一階の国内線到着ロビーで佐川が辺りを見渡した。岡山なんてフツー来ないよね、と音音が小型のキャリーバッグを足元に置いた。

四月二十四日土曜日、美月たち八人は羽田発十一時の便で岡山へ向かった。到着したのは十二時二十分で、ロビーに出たのはその十分後だった。

何でこんなに早いんすか、と小野が文句を言った。

「法要は午後六時って書いてありましたよね？　もっと後の便でもよかったんじゃないすか？」

仕方ないだろう、と島本が笑った。卒業後、四月一日から銀行マンとして働いているためか、背広姿が板についている。

「羽田から岡山への直行便は一日十便ほどで、午前中と夕方の時間帯に集中している。諸井の親の立場になってみろよ。俺たちが法要に遅刻したらまずいって思うのは当然じゃないか。飛行機は遅延だってあるし、羽田十一時発っていうのは、お前が言うほど早い時間じゃない」

社会人は違いますね、と小野が薄笑いを浮かべた。親戚が迎えに来るって話だけど、と晴海が首を伸ばした。

島本が二つに折っていた便箋を開いた。出席の返事をした後、諸井の両親から送られてきた手紙だ。

「国内線到着ロビーでお待ちください、と書いてあるが……あの人か？」

黒いスーツに身を包んだ小柄な女性が頭を下げていた。三十歳にはなっていないだろう。

美人だな、と佐川がつぶやいた。諸井もルックスが整っていたが、どこか面影が似ている。

「四ツ葉大学の方ですね？」

諸井道代《みちよ》です、と近づいてきた女が、自分の名前を言った。慌てて美月たちも挨拶を返した。

「ええと……諸井くんのお姉さんですか？」

一歩前に出た島本に、姉ですと道代が答えた。

「島本さんですね？　卒業されて、銀行で働いていると聞いています。お忙しいのに時間を作っていただいて、申し訳ありません」

飛行機は揺れませんでしたか、と道代が先に立って歩きだした。いえ、と島本が首を振ったが、そこで会話が途切れた。こういう場合、何を話せばいいのか、誰もわからずにいた。

「車をパーキングに停めています」出ましょう、と道代が自動ドアを抜けた。「本当にすいません、東京からわざわざ……それで、話しておいた方がいいと思うんですけど、鳥野原村までは車で二時間半ほどかかります。都睦寺は烏目《からすめ》山の山頂にあるので、そこから更に一時間半ほど山道を走らなければなりません。寺に着くのは五時ぐらいになると思います」

四時間もかかるんですか、と小野が呻《うめ》いた。あの車です、と道代が空港のパーキングの奥に停まっていた濃紺の大型車を指さした。

マイクロバスですか、と車体に触れた佐川に、幼稚園の送迎バスですと道代が言った。

「以前は寺に幼稚園が併設されていたので、園児の送迎に使っていたんです。でも、過疎化が進んで子供の数が少なくなったので、今は閉園しています。それからはこの車を一日修行の方々のために使っていたんですが……」

「一日修行って何すか？」

小野の問いに、後で説明しますとハッチバック式の後部ドアを開いた道代が、荷物はこちらにと言った。一泊の予定だが、それぞれが喪服を持参しているので、バッグはそれなりに大きい。

全員のバッグを押し込み、島本を先頭に車に乗り込むと、ご苦労様ですと運転席に座っていた中年男が人の良さそうな笑顔を見せた。叔父ですと道代が言うと、菅谷啓輔《すがやけいすけ》といいますと男が名乗った。

「タクシーの運転手をやっとるんですが、菅谷は諸井家の分家なので、こういう時は便利に使われます。道《みっ》ちゃんの父親がわたしの兄でして、田舎だと長男の命令は絶対ですから仕方ないと言いますか……皆さん、シートベルトを忘れないでくださいよ」

諸井の父親は本家に婿入りしたようだが、詳しいことは聞けなかった。家庭の事情だから、遠慮せざるを得ない。

鼻歌交じりに啓輔がアクセルを踏み込むと、車が駐車場の出口に向かった。バーが上がり、そこを抜けると広い通りに出た。

来る前に少し調べたんですけど、と佐川が助手席に座っていた道代に話しかけた。

「烏野原村は戦国時代からあったそうですね」

わたしも詳しくはないんです、と道代が細面の顔を後ろに向けた。

「源平時代には烏賀茂《からすかも》と呼ばれていた集落で、戦後、烏野原村に村名が変わったと聞いています。何もない不便な村ですから、どんどん人が減っていくのは仕方ありませんし、保が東京へ行きたいと考えたのは、わたしもわかるんです。四ツ葉大学に合格した時は、本当に喜んでいました。あんなことになるなんて、夢にも思わなかったでしょうし……」

彼には申し訳ないことをしたと思っています、と島本が低い声で言った。

「ぼくたち上級生がもっと注意するべきでした。事故とはいえ、責められても仕方ありません」

そんなつもりはありません、と道代が静かに首を振った。

「警察や病院の方から説明を受けて、両親もわたしも、あれは保の自己責任だったとわかっています。島本さんたちも見張っているわけにはいかなかったでしょうし……」

会話が途切れた。寒いですか、と運転席の啓輔がバックミラー越しに声を掛けた。

「岡山は山陽ですから、四月になれば暖かいと思っているでしょうけど、そうでもないんですよ。東京はどうですか?」

やっと春めいてきた感じです、と晴海が言った。なるほどなるほど、と啓輔が道なりにハンドルを切った。

幅広の一本道をマイクロバスが西へ向かっている。地方はどこも同じだが、岡山も車社会なのだろう。行き交う車が絶えることはなかった。

ドライブの単調さに、いつの間にか美月は眠っていた。今朝、起きたのは朝七時だった。寝不足だし、昼食代わりに機内サービスのサンドイッチを食べただけだ。疲労が体の中に溜まっていた。

いきなり大きな音がして目が覚めた。すみませんな、と振り返った啓輔が頭を下げた。

「烏目山に入ったところです。ここから山道が続きますが、結構な悪路でして……」

何時だ、と佐川が目をこすった。その肩に頭をもたせかけていた音音が、三時過ぎと左腕のカルティエに目をやった。

「二時間以上走ってたのか……すいません、寝てしまって……」

気にせんでいいですよ、と啓輔が優しい声で言った。

「まあ、ここからは寝てるわけにもいかんでしょうが……揺れますから、頭をぶつけないように気を付けてくださいよ」

痛《い》て、と小野が頭を押さえた。車体が弾んだ拍子に、天井に頭をぶつけたようだ。

「山の上に寺があるんですか？」

赤星の問いに、烏野原は古い村です、と道代が答えた。

「わたしは歴史に疎いですけど、戦国時代に賀茂作久《かもさくひさ》という武将がいて、今で言うと岡山県の西側を治めていたそうです」

たいした話じゃなかろうに、と啓輔が苦笑した。岡山弁なのか、どこかアクセントが柔らかかった。

「賀茂作久なんて、誰も知らんでしょう。戦国大名じゃなくて、小名ってやつです。戦国時代ちゅうのは、要するに陣取り合戦ですよ。全盛期には作久も広い領地を持っていたようですが、隣国の毛利家との戦が始まったんですな。勝ち目なんぞありゃしません。烏目山の山頂に山城を築いて、防戦に努めたそうですが、最後はそこで殺されたっちゅう話です」

歴史好きなのか、啓輔は烏野原村や都睦寺の由来に詳しかった。諸井家は賀茂作久の家来じゃったんです、と窓の外を指した。

三時を過ぎたばかりで、まだ陽が出ているが、細い山道沿いに杉林があるため、辺りは薄暗かった。

「遠い親戚やったという話も伝わっちょりますが、死んだ作久の供養のためにご先祖さまが都睦寺を建て、代々長男が住職を務めておったわけです。五年前までは保の祖父が、今は兄が引き継いでおります」

目が廻《まわ》ってきた、と小野が生欠伸《なまあくび》をした。美月も気分が悪くなっていた。車に酔ったのだろう。

山道は烏目山を螺旋《らせん》状に回り込む形で続いている。体が常に左に傾いているので、平衡感覚がおかしくなっていた。

「やっぱり少し休んでおけばよかったかね」道代に話しかける啓輔の声が聞こえた。「山の下にあるファミレスに入って、お茶でも飲んでりゃ……」

五時前には着くと思いますけど、と道代が言った。

「皆さん、着替えをしなければならないですし、一時間は余裕を見ておかないと……わたしたちだって、いろいろ準備がありますから」

それもそうか、と啓輔がうなずいた。美月は窓の外に目をやった。

山道は舗装されていない。雨が降ったのか、路面が泥濘《ぬかる》んでいる。目に映るのは、杉の木だけだった。

林立という言葉があるが、隙間なく立っている。どの杉も背が高かったが、植林されてから長い年月が経っているようだ。

陽の光を杉の木が遮り、暗さが増している。啓輔がヘッドライトをつけた。

肌寒い感じがするのは、日陰になっているためだろう。車が停まったのは、それから一時間ほど経った頃だった。

どうして山の上に川があるの、と晴海が窓を開けた。十メートル先に寺の門があるが、手前に川が流れていた。七、八メートルほどの木の橋が架けられている。

都睦寺は山城の跡地に建てられておるんです、と啓輔が言った。

「毛利家の攻撃に備えて、賀茂作久は守りを固めようと考えたんでしょうな。あれは川じゃのうて濠《ほり》です。城内に井戸を掘り、雨水を溜め、山城を囲んでいる濠に水を満たしたんですな。橋を上げれば、毛利も攻めようがありません」

なるほどとうなずいた佐川に、作久は戦下手《いくさべた》だったようですと啓輔が苦笑した。

「橋を上げて籠城したのはいいんですが、食料が尽きて家臣の多くが餓死したり、悲惨なことになったと聞いちょります。作久の死も、ほんまは家来に殺されたっちゅう言い伝えが残っております」

その頃のままなんですかと尋ねた島本に、わしらにはわからんですよと啓輔が笑った。

「何しろ戦国時代の話ですからな。ただ、毛利家が濠を埋めなかったのは確かです。橋がありますから、困りゃあせんですし」

車がゆっくりと動きだし、橋を渡り始めた。濠の幅は広く、五メートル以上ある。深さは見当もつかないが、二メートルほど下まで水が溜まっていた。

「大丈夫ですよ、橋は何度も作り直してますからな」ハンドルを握ったまま啓輔が言った。

「夏になれば、水が干上がって底が見えます。ただ、台風が来たり、大雨が降ると大変ですがね」

橋を渡りきると、大きな門があった。開いたままで、左右に巨大な木像が立っている。

江戸時代に火神、水神像を置いたそうです、と道代が指さした。

「怒り顔なのは、火事や水害の恐ろしさの象徴だと聞きました……お疲れでしょう、まだ五時前ですから、少し休んでください」

門を抜けた右手が駐車場だった。他に二十台ほどの自家用車が停まっている。山頂というが、平地になっているのは賀茂作久が整地したためだろう。

山城の跡地だから、それなりに大きいのではないかと美月は想像していたが、敷地内に普通の家を建てれば、十戸がぎりぎりで入るほどの広さしかない。城というより、砦《とりで》と呼ぶべきかもしれなかった。

車を降りた島本が辺りを見回している。正面に大きな本堂と、並んで建っている二階建の建物が見えた。三メートルほどの横長の板に、右から寺睦都と彫ってあるのが歴史を感じさせた。

「立派な寺ですね。由緒正しいというか……」

島本の言葉に、美月もうなずいた。駐車場の横に墓地がある。奥は杉林です、と道代が指さした。

「寺の裏手は崖になってますから、気をつけてくださいね。立派な寺とおっしゃいましたけど、ただ古いだけで、本堂はもう何十年も昔のままです。でも、隣の客用施設……別棟と呼んでますけど、あちらは四年前に建てたばかりなので、それなりに設備も整っています。泊まっていただくのは別棟ですから、ゆっくり休めます」

由緒正しいと島本が言ったのは、社交辞令だ。本堂について言えば、廃寺のようだった。木製の壁は表面がすだれのように傷だらけで、びっしりと苔が生えている。ひと回り小さい二階も同じだ。

ただ、寺全体の手入れはしているのだろう。駐車場に敷き詰められた玉砂利はどれも美しく、奥に見える杉林も枝を刈り込んでいる。別棟と道代が呼んだ建物は本堂とほぼ同じ大きさで、造りも新しかった。

全員が自分のバッグを持ち、開いたままの黒い扉から本堂に上がった。広い板敷の床が続き、真ん中に本尊の如来像がある。すべてが清らかで、清澄な感じがした。

袈裟《けさ》を着た五十代半ばの男の前に、七、八人の男女が座っていた。それを取り囲んでいる二十人ほどがいくつかに分かれ、話をしている。二人の子供が走り回っていたが、小学生ぐらいだろうか。

父です、と道代が袈裟の男に目をやった。

「他は親戚や保の高校の友達とか先輩後輩とか……お父さん、東京から大学サークルの方たちがいらしてくれましたよ」

立ち上がった袈裟の男が一礼した。顎が角張っていて、眼が細い。どこか蟹《かに》に似ている。一年前、告別式で会っていたから、顔は覚えていた。

島本が深く頭を下げ、美月たちもそれにならった。親戚や友人たちが笑顔を向けたが、後にしましょうと道代が言った。

「皆さんを別棟の部屋に案内してきます。もう五時過ぎで、法要が始まるまで時間もありませんから……」

赤星と目が合った。悪路が続く山道を走り続けていたので、体のあちこちが痛い。背中には汗が伝っている。座って休みたかった。

道代が本堂の奥にある木の扉を開くと、暗い廊下が見えた。本堂と別棟が繋がっているのがわかった。

古い寺ですけど、参拝者は多いんですと道代が言った。

「長逗留する方もいるので、去年の暮れに改築して、宿泊用の部屋を増やしています。今日はそちらをお使いください」

二メートルほど廊下を進むと、一本の太い柱が立っていた。そこから床の色が変わり、敷かれている板から木の香りが漂っている。

柱の裏にある大きな扉が、開いたままになっていた。別棟の玄関なのだろう。奥まで長い廊下が続き、左右に四つずつ部屋があった。

部屋の鍵です、と道代が八本の鉄製の鍵を島本に渡した。

「スペアキーがありませんので、なくさないようにお願いします。中にお茶の用意がしてありますから、少しだけでも休んでください。着替えが済んだら、六時までに本堂へ戻っていただけますか？　法要は一時間ほどで終わります。その後、保を偲んで食事をするということで……」

はい、と美月はうなずいた。一周忌の流れは、事前に手紙で説明されていた。

「今は道も整備されて、車で上がってくることができるようになりましたけど」そんなに昔の話じゃありません、と道代が苦笑を浮かべた。「以前から一日修行の参拝者はいましたけど、五年ほど前にテレビで紹介されて、それから数が増えたんです」

さっき小野くんが聞いてましたけど、一日修行って何ですかと尋ねた音音に、ニュースで見たことがあると佐川が言った。

「一般の参拝客が写経とか座禅とか、そんな体験ができるんだ。御朱印帳だっけ？　あれが流《は》行《や》ってるだろ？」

知らない、と音音が首を振った。興味がないのだろう。

滝行や作務、講話を聞いて精進料理を食べたり、と道代が指を折った。

「スピリチュアルブームなんでしょうね。山の上の寺というのが珍しいのか、最近では外国人のお客様も少なくありません。それもあって増築したんです。部屋は個室で、風呂も洗面台もついています。トイレだけは共同ですけど……」

突き当たりです、と道代が廊下の奥を指さした。

「鍵と部屋の番号は同じです。部屋割りは皆さんでお決めください。では、後ほど」

軽く頭を下げた道代が出て行った。ワイファイがない、と小野がスマホに目をやった。

「それどころか圏外っすよ。いくら山だからって、日本にこんなところがあるなんて思わなかったな」

とにかく入ろう、と島本がそれぞれに鍵を渡した。

「どうせ一泊だ。どの部屋でもいいな？　俺も一周忌法要のことは詳しくないけど、これだけ古い寺だ。仕来《しきた》りもあるだろう。少し休んだら、喪服に着替えて本堂に戻るぞ。そんなに時間はない」

社会人は違いますねと笑った佐川に、からかうなと島本が肩を軽く叩いた。

「いいか、今日で区切りをつけるんだ。今夜は諸井のことだけ考えて、冥福を祈ろう。明日、東京に戻ったら、それですべて終わりにする。わかったな？」

了解です、と鍵を受け取った小野が二号室へ向かった。ぼくは六号室だ、と赤星が自分の鍵を見せた。

美月は渡された鍵の番号に目をやった。八、という数字が表面に刻まれていた。

4

部屋は六畳間だった。座卓と座椅子、石油ストーブ、外に面した障子の奥に濡れ縁があり、そこに一組の布団と石油入りのポリタンクが置かれていた。洗面台と浴室は濡れ縁に繋がっている。

（急がないと）

美月は腕時計を外し、洗面台に置いた。シャワーを浴びたかったが、六時までに間に合うだろうか。

手を洗ってから、キャリーバッグに入れていた喪服をハンガーに掛けた。四月の下旬だが気温は低く、部屋は寒かった。

実家暮らしの美月は石油ストーブを使ったことがない。見よう見まねでマッチで火をつけると、炎が部屋の空気を温め始めた。

洗面台の脇にあるパネル状の扉を開けると、狭いバスタブがあり、シャワーもついていた。置いてあったバスタオルを扉のフックに掛け、脱いだ服を洗面台の下の籠に入れてから浴室に入り、シャワーを全開にした。

髪の毛が濡れないように気をつけながら首から下にシャワーの湯をかけ、汗を流すと、少し気分が落ち着いた。

シャワーを止めると、かすかな足音が聞こえた。部屋の外に誰かがいる。諸井家の親戚だろうか。

バスタオルで体を拭い、黒のワンピースに袖を通した。まだ十九歳なので、法事そのものに慣れていない。喪服を着た経験もほとんどなかったから、これでいいのだろうかという不安があった。

洗面台にポーチを置き、軽くメイクを直した。シャワーの湯気で鏡が曇っている。指で拭うと、自分の顔がぼんやり映った。

それと白い影が重なった気がして、思わず振り向いたが、誰もいなかった。内鍵を掛けているから、誰も入れるはずがない。神経質になってる、と苦笑が浮かんだ。

鏡に向かってファンデーションを軽く塗っていると、不意に諸井の顔が脳裏を過った。あの時、店の照明が暗かったので、はっきり見えたわけではないが、顔色は蒼白に近かった。

白い影に表情はなく、目も鼻も口もなかった。真っ白な紙のような顔。諸井と同じだ。

そんなはずない、と首を振った。罪の意識が見せた影なのだろう。

諸井に対する後悔の念が今も心の隅に残っている。他の七人も同じだろう。一周忌法要に出席すると決めた理由はそれだった。

美月、と扉越しに晴海の声がした。

「準備はできた？　もう男子はみんな本堂に行った。あたしたちも急がないと」

今行きます、とメイク道具をポーチに押し込み、キャリーバッグから小さな黒いバッグを取り出した。手首に数珠をつけて、部屋の扉を開けようとした時、そこに能面が掛けてあることに気づいた。

老女が歪んだ表情を浮かべている。いわゆる女系面《おんなけい》だが、詳しいわけではなかった。

いかにも寺らしいと思った時、ノックの音がした。ドアを開けると、喪服を着た晴海、音音、そして純子が立っていた。

「すいません、遅くなって……」

気にすることないよ、と音音が小さく笑った。美月は部屋の鍵を掛け、三人の後に続いた。

Wind3

都睦寺

1

本堂へ続く廊下を歩いていると、低い読経の声が聞こえてきた。

「ねえ……一周忌法要って出たことある？」

振り返った音音の問いに、ありませんと美月は首を振った。

「大学の語学のクラスの子たちも、よくわからないって……両親に聞いたら、宗派っていうんですか？　それぞれ違いがあるみたいで、とにかく座って手を合わせていればいいんじゃないかって、それだけでした」

うちも同じ、と晴海が囁いた。

「パパと話したんだけど、よくわからんなだって。ホント、医者なんて世間知らずばっかりよ。仕方ないからネットで調べたり、最後はおばあちゃんに電話して、何となく雰囲気だけはわかった。でも、結局は宗派によって違うから、合わせるしかないみたいね」

都睦寺の宗派は何なの、と音音が話を遮った。永仏《えいぶつ》真宗って聞いてる、と晴海が言った。

「あたしは理系だし、無宗教だし、興味もないし……こんなこと言ったらまずいのはわかってるけど、早く終わってほしいぐらい」

さすがに不謹慎だと思ったのか、それきり口を閉じた。四人で廊下を進み、音音が扉を開くと強い線香の匂いが鼻をついた。

本堂の広い床に座布団が置かれている。一列に八枚、それが五列あった。三十人ほどの男女が正座している。

正面の本尊は一段高い壇上にあり、その前に袈裟を着た老人が座り、経を唱えていた。来た時に挨拶した諸井の父親ではない。

遅いぞ、と四列目の右端に座っていた島本が手招きした。

「さっさと座れ。もう法要は始まってるんだぞ」

頬を膨らませた晴海が、空いていた座布団に座った。美月たちはその後ろについて、静かに頭を下げた。教えられたわけではないが、それぐらいの常識はあった。

一番前の列に諸井の父親、中年の女性と道代が正座していた。中年の女性は諸井の母親だろう。

一列目にいるのは諸井家の親戚のようだ。二人の子供もおとなしく座っていた。

二列目の真ん中辺りに二十歳前後の男女が並んでいたが、諸井の友人だとわかった。三列目も同じだ。

五分ほど経った時、老人が鈴《りん》を一度叩いた。澄んだ音が長く続き、それが止むと老人が向き直った。

「本日は孫……諸井保の一周忌法要にお集まりいただき、ありがとうございます」やや掠れていたが、よく通る声だった。「都睦寺は永仏真宗の寺で、そもそも仏教では縁《えにし》を大切にします。本日集まっていただいた皆様方と保には、深い縁があったのでございましょう。これは祖父としての想いでございますが、保が安らかに眠ることを願っております。それは皆様方も同じでしょう。不運な事故で亡くなった保を哀れに思い、祈っていただければ、それ以上は望みません。では、読経を続けさせていただきます」

本尊に向かって深々と頭を下げた老人が、再び低い声で経を唱え始めた。中腰で近づいてきた道代が、美月たちに緑の表紙がついた小冊子を渡した。

「永仏遠協序経《えいぶつえんきょうじょ》という経典です」囁いた道代が緑の表紙を開いた。「漢字ばかりですけど、振り仮名がついているので、祖父の読経に合わせてそこだけ唱和してください。形だけのことですから、間違っても構いません」

老人の声には独特な抑揚があった。節、と言った方が正しいかもしれない。発声が明瞭なので、経典のどこを読んでいるのか、すぐにわかった。

美月は老人の声に合わせ、記されている振り仮名を声に出して読み上げた。頭に浮かんだのは諸井の顔だ。気づくと、ひと筋の涙がこぼれていた。

諸井の死は不運な事故で、どうすることもできなかった。あれから一年が経っている。自分たちに責任はないと言い聞かせ、忘れたはずだったが、心のどこかに諸井のことが引っ掛かっていた。

それは後悔の念だ。諸井への謝罪の気持ちが涙になっていた。

広い本堂に老人の声が満ちている。集まっていた三十人ほどの男女が唱和していたが、その声はほとんど聞こえなかった。

次第に読経の声が早くなり、それに合わせて木魚を叩く音がした。家族、親戚、友人知人。数えると美月たちも含めて三十七人がそこにいた。

やがて声が低くなり、合掌くださいと老人が言った。手を合わせて頭《こうべ》を垂れると、ありがとうございましたと老人が改めて向き直り、染みの目立つ顔に笑みを浮かべた。

「普通はこの後講話と申しまして、何やら説教めいた話をするのですが、本日は孫の一周忌法要、そしてお集まりいただいたのは保と縁の深い方ばかり。講話など不要でございましょう。何事も簡素にするのが都睦寺の習わし。読経を終わらせていただきます」

手を合わせて一礼した老人が立ち上がろうとした時、体が右にゆっくりと傾《かし》いだ。前列にいた袈裟姿の剛が体を支えると、激しく咳き込んだ老人がそのまま目を閉じた。

「朝子《あさこ》、道代、来てくれ……義父《とう》さん、立てますか？」

大丈夫だ、と掠れた声で言った老人に肩を貸して立たせると、道代と保の母親が抱えるようにして本尊の脇にある狭い階段を上がっていった。

お騒がせして申し訳ありません、と剛が頭を下げた。

「義父は心臓が悪く、岡山市内の病院に入院していましたが、保のことを大変可愛がっておりました。本来なら保の父親である私が法要を営むべきですが、義父がどうしても自分にやらせてほしいと……」気持ちはわからなくもありません、と剛が座布団に腰を下ろした。「建立以来、代々諸井家が都睦寺の住職を務めて参りました。私は分家から婿養子に入っていますので、義父の血筋を引いているのは保だけです。住職を継ぐことになっていましたが、今となってはそれも叶いません。義父自ら、保の霊を慰めたいと思ったのでしょう。そのために一時退院という形で寺に戻っておりましたが……」

止めるべきでした、と剛が唇を固く結んだ。先代は大丈夫かね、と不安そうに尋ねた五十歳半ばの女性に、いつものことですから、と剛がため息をついた。

「狭心症の発作です。薬を飲めば落ち着くでしょう」

将弦《しょうげん》さんも辛かったじゃろうな、と一列目の端に座っていた顔色の悪い老人が膝を崩した。

「保が生まれた時のことは、よう覚えちょる。将弦さんがどれだけ喜んだか……保が亡くなって、悲しかったじゃろ。剛、都睦寺はどうなるんかの」

何も決めてません、と剛が苦笑を浮かべた。

「私は五十五ですから、まだ二十年ほどは住職を務めるつもりでいます。その後のことは、また考えますよ。義父は今年で八十歳です。私も同じ歳まで生きていれば、二十五年も先の話です」

時間はあるちゅうことか、と老人が膝を叩いた。

「その通りじゃな。それに、わしが心配することでもないじゃろ。あと十年も経てば、死んじょるからの」

昭造《しょうぞう》おじさんはいつもそう言いますが、と剛が首を振った。

「まだ七十歳でしょう？　もっと長生きしてもらわないと困ります……さて、しばらくお待ちください。食事の用意をしています。保を偲んで、思い出話でもしましょう」

戻ってきた道代が、お薬を飲ませたと剛に言った。

「しばらく休んでいれば大丈夫ってお母さんは言ってる。ただ、代わりに箱膳を運ぶ人がいないと……」

すいません、と島本が手を上げた。

「ぼくたちは諸井くんと大学のサークルで一緒だった者です。よかったら手伝わせてください」

その場にいた全員が視線を向けた。東京からわざわざご苦労でしたな、と昭造が皺《しわ》だらけの顔で笑った。七十歳というが、本堂にいる者の中で一番年長のようだ。

「お客さんは座っとってください。支度は身内でやります。法要っちゅうのは、そういうもんです。剛、お前も座っちょれ。父親がおらんかったら、保も寂しかろう。啓輔、何をぼんやりしちょる。お前が動かんでどうする」

啓輔が立ち上がり、前列の数人がそれに続いた。二階があるんです、と道代が天井を指さした。

「もともとは平屋だったんですけど、それだと不便なので、屋根裏を改築して家族が泊まるための部屋を作りました。台所があるので、法要の時はそこで料理を用意します。箱膳は親族が運びますから、皆さんは座っていてください」

頭を下げた道代が階段へ向かった。浮かせていた腰を下ろすと、寒くないですかと横から声がした。色白で、整った顔をした若い男が笑みを浮かべていた。

「松岡《まつおか》といいます。保の同級生で、中学まで一緒でした」先輩や後輩も来ています、と左右の男女を指した。「烏野原村には学校がひとつしかないので、同じ中学に通うんです。過疎化が進んでますからね」

「四ツ葉大学のヒートウェーブというサークルで、キャプテンを務めていた島本です」

頭を下げた島本に、今は卒業されてるんですよねと松岡が言った。四月から銀行で働いています、と島本がうなずいた。

「諸井くんが入部した時のキャプテンはぼくでした。東京でご両親にも話しましたが、責任を感じています。もっとぼくがしっかりしていれば、あんなことにはならなかったと……」

新歓コンパで酔って海に落ちたと聞きました、と松岡が額に垂れた前髪を払った。

「島本さんたちが責任を感じる必要はありません。保は明るくて誰からも好かれてましたけど、調子に乗るところがあったんです。中学の時、校舎の三階から飛び降りて足を折ったのは聞いてますか？　みんなで止めたんですが、平気だよっていきなりベランダから……そういう奴だったんです。誰のせいでもありません。事故はどうにもなりませんよ」

ぼくたちは諸井くんのことをわかっていませんでした、と佐川が横から言った。

「彼は入部したばかりで、三年のぼくとは学年が違いますから、話す機会もなかったんです。ちゃんと話したのは、新歓コンパの時が初めてでした。酒に弱いのも知らなくて……悔やんでも悔やみきれません」

最初の乾杯の時に止めておけば、と佐川が顔を伏せた。今は佐川さんがキャプテンだと保のお母さんに聞きました、と松岡が言った。

「部員の皆さんに保が迷惑をかけて申し訳ない、と話していました……安東《あんどう》、ストーブをつけていいか、昭造おじさんに聞いてくれ。やっぱり山は冷えるな」

無言でうなずいた坊主刈りの男が、昭造の前に廻った。一年下なんです、と松岡が顎の先を向けた。

「子供の頃から一緒に遊んでいたので、年齢と関係なく、友達っていうか家族みたいな付き合いになるんです。昭造おじさんって呼んでますけど、親戚でも何でもありません。あの人は鴻《こう》巣《の》っていう昔の庄屋の生まれで、言ってみれば村の長老ですね」

「諸井家と鴻巣家は親戚なんですか？」

狭い村なんで、関係がややこしいんですと松岡が笑った。

「親戚ですけど、鴻巣家は隣の久坂《くさか》町に本家があって、僕の両親や道代さんの家は鳥野原村の北側にあります。車でも二時間近くかかるぐらい離れてますから、頻繁に行き来してるわけじゃありません。ただ、昭造おじさんは元気な人だし、こういう時は頼りになります。古い仕来りも知ってますしね。会うのは久しぶりですけど、全然変わらないなあ」

さかのぼったら兄弟だったりして、と松岡の隣にいた若い女が少し巻き舌で言った。

「お母さんの実家の青沼《あおぬま》家も、松岡くんの家と遠い親戚に当たるって言ってた。古い村だから、辿っていけば出《で》は一緒とか、そんなことがあっても全然不思議じゃない」

それを言い出したらきりがない、と松岡が肩をすくめた。

「早苗《さなえ》のお父さんは、昭和の終わりまで村長を務めていた轡田《くつわだ》家の長男だろ？　弟や妹も多かったって聞いてる。思いきり広く言えば、村中の家と関係があるのかもしれない」

仲良きことは美しきかなと早苗が言った時、ストーブをつけてきました、と安東が戻ってきた。

本堂の四隅に置かれたストーブが空気を暖め始めている。四月の下旬なのにこんなに寒いなんて、と美月は襟を引っ張って首元に寄せた。

2

箱膳を重ねて持った道代が階段を降りてきた。それを受け取った者たちが、いくつかの輪を作り、手を合わせてから箸をつけた。

精進料理です、と道代が美月の前に箱膳を置いた。その後ろにいた啓輔が、ビールでもどうですと笑顔で言った。

「未成年がどうとか、固いことは言いっこなしです。般若湯《はんにゃとう》と呼んじょりますが、日本酒も用意しちょります。賑やかな方が、保も喜ぶでしょう。あれはそういう子でしたからな……さあ、どうぞどうぞ」

島本のグラスに啓輔がビールを注いだ。松岡くんたちも、と道代が言った。

「少しぐらいならいいでしょう？　ほら、グラスを取って……昨日はあなたたちも来てくれると思っていたけど、間に合わなかったの？」

すいませんでした、と頭を下げたのは不精髭を生やした男だった。外見や態度で、松岡たちの先輩なのがわかった。

「夜、剛おじさんの家で親戚や近所の人が集まるのは聞いていたし、戻るつもりだったんですけど、大阪からだと時間的に難しくて……」

草薙《くさなぎ》さんは一年先輩で、大阪の大学に行ってるんですと松岡が説明した。

「村には高校がないんで、保もそうでしたけど、実家を出て岡山市内の私立高校に通います。その後の進路は人それぞれですけど、近畿圏の大学に行く者が多いんじゃないかな？　ぼくと安東は大阪、荻原《おぎわら》は京都……名古屋とか広島、もちろん東京の大学に進む者もいます。高校を卒業して、就職する連中も少なくありません」

村だとなかなか働き口がないんです、と安東が言った。

「コンビニだってないぐらいで、役場以外は実家が何か商売をやっていない限り、どうにもなりません」

あたしは看護学校、と早苗が笑った。

「隣町だけど、実家と近いから、そこは楽だったかも。村を出たいなんて、思ったこともないし」

その方が珍しい、と松岡が肘で早苗の肩を突いた。

「本当に何もない村です。全員が知り合いっていうのも、おおげさな話じゃありません。昼間、女の子と歩いていたら、夕方には誰でもそれを知っている……昔のことはわかりませんけど、ぼくたちの世代だと窮屈だなって思う方が普通ですよ」

だから戻ってこなかったのね、と道代が言うと、草薙が頭を掻いた。図星だったようだ。

赤星が自分のグラスにビールを注いだ。わたしも、と美月はグラスを取った。

「形だけ……一周忌法要って、そういうものだと思う」

グラスに口をつけ、三分の一ほどビールを飲むと、苦いホップの味が口の中に広がっていった。

草薙たちもビールを飲み始めている。諸井家の親戚、その他集まっていた者たちは、日本酒を飲んでいた。

年齢が離れていることもあり、どう話しかけていいのかわからない。同世代の草薙や松岡たちとひとつの輪になったのは、自然な流れだった。

「保もさ、東京に行かなきゃよかったんだよ」荻原という男が愚痴るように言った。「この村にいたって退屈だし、遊ぶ場所もないし、よそへ行きたいっていうのはわかるよ。おれだって京都の私大に行ってる。でもさ、保は成績も良かったし、岡山大学だって合格しただろう。あいつはどうせ寺を継ぐんだから、岡山にいた方が良かったんだ。四ツ葉大は有名だし、行きたかったんだろうけど……」

今さら言ってもどうにもならないって、と早苗が荻原の肩を軽く叩いた。

「四ツ葉大に受かったって、保くんはすごく喜んでたじゃない。いずれはこの寺に戻って、住職を継がなきゃならないから、それまではやりたいことをするって送別会でも話してたでしょ？　あんなことになるなんて誰も思ってなかったんだから、それはしょうがないよ」

そんなに喜んでたんすか、と小野が暗い表情でビールを呷《あお》った。小野さんですよね、と草薙が言ったが、島本たちの会話を聞いて名前がわかったのだろう。

「東京の人にはわからないでしょうけど、岡山は地方の県に過ぎません。東京や大阪、都会に憧れる気持ちはぼくにもあります。保がどれだけ喜んだか、説明しても伝わらないと思いますよ」

諸井さんはあたしたちと立場が違ったんです、と早苗の隣でお茶を飲んでいた女性が小さな声で言った。童顔で、純朴そうな顔立ちだが、どこか寂しげな表情を浮かべている。

〝さん〟付けで呼んでいるから、諸井の後輩だろう。松岡たちとは違う意味で諸井と親しかったのが、美月にもわかった。

「草薙さんや松岡さんは大学、早苗さんは看護学校、あたしは村の郵便局……誰でも進路は自分で決めることができます。でも、諸井さんは都睦寺の住職を継ぐことが決まっていました。四十歳までには戻るとご両親に約束していたそうですけど、鳥野原村を出たいっていつも話してました。まさか、あんなことになるなんて……」

朱里《あかり》は泣き虫だな、と安東が慰めるように肩を軽く叩いた。大きな目が涙で潤んでいたが、諸井と付き合っていたのかもしれないと美月は思った。

「大学ではどうだったんです?」しんみりした場の空気を変えるためか、草薙が大声で言った。

「保は元気でやってましたか?」

ぼくたちは諸井くんとそこまで親しくなかったので、と佐川が手酌でビールを注いだ。

「新歓コンパまで、部活があったのは二回だけでした。その時は活動内容の説明とか、自己紹介があったぐらいです。諸井くんとじっくり話した部員はいません」

彼は経済学部だったでしょ、と晴海が箱膳の煮物に箸を伸ばした。

「うちのサークルには経済学部の学生がいないし、他校からの受験組だったから、四ツ葉高出の学生と違って、知り合いもいなかったと思うんです。あたしも彼と話したのは新歓コンパの時だけで、それまでは全然……本格的に部活が始まる五月になれば、また違ったんでしょうけど」

保は人見知りなところがありましたからね、と松岡がビールに口をつけた。目の前の大瓶があっと言う間に空になった。アルコールに強いのだろう。

「子供の頃からそうだったな。最初は遠くから見てるだけで、近づいてこないんです。何度か誘っているうちに仲間に入ってきて、そうなるとうるさいぐらい遊ぼう遊ぼうって……人懐っこい性格でしたから、慣れれば誰とでも仲良くできたと思うんですが」

オレも他校からの受験組なんで、と小野が煙草をくわえた。

「気持ちはわかりますよ。四ツ葉は一貫校なんで、高校から上がってきた連中とは温度差があるんです。だから、諸井が入部してきて、マジで嬉しかったっすよ。直の後輩っていうか……」

もっともらしく聞こえたが、どこか言葉が空回りしていた。小野にとって、諸井は気を遣わなくていい後輩という存在に過ぎなかったはずだ。

他の高校から四ツ葉大学に入学した者は、四ツ葉高校出の学生に対し、コンプレックスがある。育ちが違う、と卑下する者もいるほどだ。

同じ四ツ葉大の学生だが、目に見えない格差を感じている。リーフボーイ、リーフガールが上に立ち、他校出身者はその下につくという図式だ。かつてはそれが四ツ葉大学のブランド力を高めていた。

それは昔の話だ、とほとんどのリーフボーイ、リーフガールが考えている。美月もそうだった。

ただ、四ツ葉高校から大学に進学した者は、知り合いが多く、先輩との関係性も深い。そのため、仲間意識が強くなるので、線を引いていると言われれば認めるしかなかった。

他校から入学した者は、大きく二つに分かれる。四ツ葉高校出の学生と距離を置くか、あるいは同化を図るかだ。

小野は典型的な後者だった。積極的に四ツ葉高校出身のリーフボーイ、リーフガールに近づき、自分も四ツ葉高校出だ、というニュアンスを匂わせる。

近づいてきた道代が、小野の口元を指さして、寺は禁煙なんですと言った。そうすか、と小野が煙草をパッケージに戻した。

大学もそうだが、喫煙不可の場所が増えている。ヘビースモーカーの小野としては辛いだろう。

「部屋もダメなんすか？」

「敷地内は全面禁煙になっていますし、部屋には他のお客様も泊まりますから……でも、門を出たところに灰皿があるので、そこなら煙草を吸えますよ」

ちょっと行ってきます、と小野が本堂を出て行った。我慢が利かないよね、と音音が唇を尖らせた。

「だから小野くんは女子に人気がないのよ」

今時煙草を吸うなんて社会性のない証拠だ、と佐川がうなずいた。

「まあ、あいつも二十歳なわけだし、権利はあるんだけどね」

「こっちにも嫌煙権がある。副流煙だって――」

階段を降りる足音に、音音が口を閉じた。真っ青な顔の朝子が立っていた。

「あなた、お父さんが……」

朝子の声が震えている。どうした、と剛が顔を向けた。

「急に口から泡を吹いて……今は啓輔さんがついてますけど、こんなことは初めてで、どうしたらいいのか……」

本尊の前に座っていた痩身の中年男が素早く立ち上がり、朝子に近づいた。大河原《おおがわら》先生に診てもらおう、と剛がうなずいた。

「保の友達で、看護学校に通ってる女の子がいたと思ったが……」

あたしです、と手を上げた早苗に、大河原先生を手伝えと松岡が肩を押した。黒い背広姿の大河原が、持っていた茶色い鞄を早苗に渡した。鞄の口から聴診器が覗いている。

「奥さん、先代は呼吸をしていますか？」

していたと思います、と朝子が答えた。君の名前は、と大河原が早苗に顔を向けた。

「どこの看護学校？」

「轡田早苗、蔵山《くらやま》看護学校の二年です。四月から病院研修に入っています」

濃いグレーのサマーセーターを着た早苗に、一緒に来てくれと大河原が言った。

「先代住職……将弦さんには心臓の持病がある。狭心症の発作かもしれないが、診てみないと何とも言えない」

皆さんはここで待っていてください、と大河原が周囲に目をやった。

「これは医者の仕事で、素人が何人いても邪魔になるだけです……誰でも構いませんが、将弦さんを病院に運ぶ車の用意をしておいてください」

そのまま大河原が朝子と早苗と共に階段を上がっていった。大丈夫かな、と晴海が眉間に皺を寄せた。

「あのおじいさん、八十歳って言ってたよね？　高齢者が狭心症の発作を起こすと、脳梗塞とか他の症状が出ることもある。年齢が年齢だから……」

さすが医学部、と島本がからかうように言った。

「そんなに心配なら、君も二階へ行ったらどうだ？　早苗さんより経験はあるだろう」

医者と医学生は違う、と晴海が首を振った。

「あたしには何もできない。大河原先生は五十歳ぐらいよね？　あのおじいさんに心臓の持病があるのを知ってたから、掛かり付けのホームドクターなんじゃないかな。任せるしかない」

車を本堂の前につけておく、と松岡が外へ出て行った。様子をみましょう、と荻原が言った。

「大河原先生は村にひとつだけある内科クリニックのお医者さんで、何かあれば村の者は先生のところに行きます。先代住職が入院していた岡山市内の総合病院へ運ぶつもりなんじゃないかな？　どっちにしても、ぼくたちにできることはありませんよ」

大丈夫ですか、と美月は朱里の二の腕に触れた。顔が青白くなっている。

「ちょっと気分が悪くなっただけです……何もなければいいんですけど」

八十歳だからな、と荻原が腕を組んだ。

「入院していたぐらいだから、体調は悪かったんだろう。孫の法要を自分でしたいと言ったみたいだけど、誰かが止めるべきだったんじゃないか？」

村の冠婚葬祭は都睦寺で行われます、と安東が言った。

「戦前から、ずっとそうだったと親が話してました。諸井家の住職を長く務めていたわけですし、家族でも止められなかったんじゃないですか？」

それだけだろうか、と美月は思った。荻原の言葉の裏に、小さな刺があるような気がしていた。無意識のうちに、諸井の死と倒れた老人を重ねているのではないか。

島本たちもそれに気づいたのか、視線を逸らした。違います、と慌てたように荻原が手を振った。

「八十歳ですから、無理をするのはよくないと言いたかっただけで……」

どうしたんですか、と声がした。戻ってきた小野が、輪の真ん中に腰を下ろした。

「一服してたら、松岡さんが駐車場に走ってきたんですけど、何かあったのかなって……」

まだわからない、とだけ佐川が言った。それからしばらくの間、口を開く者はいなかった。

3

十分ほどで本堂に降りてきた大河原が、車は、と短く言った。用意してあります、と松岡がキーを見せた。

「先代はどうなんですか？」

自発呼吸はしている、と大河原が深く息を吐いた。

「ただ、触診でわかるほど脈拍が不規則だ。声をかけたが、反応はない。聴診器だけは持っていたが、これ以上何もできない。岡山市内の総合病院へ運ぶつもりだ。私の車に将弦さんと彼女を乗せる」

早苗を指さした大河原が、君は剛さんと奥さんを頼む、と松岡に指示した。

「家族がいなければ、判断できないこともある。万が一、途中で何かあれば車内で何らかの処置をするかもしれない。山を下りれば、携帯も繋がる……道代さんはここにいてください」

大丈夫でしょうかと言った道代に、何とも言えません、と大河原が首を振った。

「今のところ、命に関わるような状態ではないと思いますが、何しろ高齢ですからね……心配は心配です。不安なのはわかりますが、弟さんの一周忌法要の席に家族が誰もいないというのはまずいでしょう」

剛と朝子、そして啓輔が布団を担架代わりに、階段から将弦を降ろした。数人の親戚が手を貸し、布団ごと床に寝かせた。

さっきより顔色が良くなっている、と大河原が言った。

「なるべく頭を揺らさないように。外へ運んで、車に乗せましょう」

美月は横たわっている老人の顔を見つめた。真っ青になった顔に、脂汗が浮かんでいる。目をつぶったままで、動く気配はない。

誰からともなく、本堂にいた全員が後に続いて外に出た。霧雨が降っていた。

松岡がＳＵＶのドアを開けると、剛と朝子が乗り込んだ。この子たちも一緒に、と道代が二人の子供を連れてきた。

「もう七時だし、家に着くのは九時過ぎになる。お母さん、二人のことをお願いね」

わかってますよ、と朝子がうなずいた。会話の流れを考えると、道代の子供なのだろう。

「高校を出てすぐ、同級生と結婚したんです」照れ笑いを道代が浮かべた。「夫は単身赴任でアメリカで暮らしています。仕事の都合で、帰れなかったんですけど……」

大河原が自分のキーを向けると、ワンボックスカーの後部扉が自動で開き、早苗たちがそこへ布団を敷いてから、将弦の体を横にしたまま乗せた。

後ろを走ってくれ、と運転席のドアを開けた大河原が叫んだ。

「山道は暗いし、雨も降っている。早く下山したいが、事故でも起こしたら大変だ。運転には注意してくれ」

松岡さんはビールを飲んでます、と美月は前へ出た。諸井のことがあってから、酒席で周囲を見る習慣がついていた。

「大瓶一本……もっとかもしれません。酔っているのでは？」

その場にいた全員が視線を向けた。酔ってませんと松岡が言ったが、駄目だと大河原が首を振った。

「山道なんだぞ……他に運転できる人は？」

あたしが、と早苗が手を上げた。いいだろう、と車に乗った大河原がエンジンを掛けた。ワンボックスカーが動き出すと、その後に早苗が運転するＳＵＶが続いた。

左右に大きく開いている寺の門を二台の車が抜けて橋を渡ると、すぐに見えなくなった。戻りましょう、と道代が声をかけた。

「雨が降ってます。濡れますから……」

大丈夫かねと首を傾げた昭造たちが本堂に足を向けた。他の者も不安げに顔を見合わせている。それは美月たちも同じだった。

七時を過ぎ、日が暮れていた。雨の勢いが強くなっている。美月は墓地に目をやった。寺に着いた時は気にならなかったが、薄闇の中に墓石がいくつも並んでいる光景に、背筋が冷たくなった。駐車場の電灯に照らされた墓石を数えると、その数は三十三あった。

4

（くだらねえ）

小野は胸の中で毒づいた。最初から来たくなかった。一周忌法要なんて、退屈なだけだ。

諸井の死に、責任は感じていなかった。一気飲みを強いたのは自分だが、どこのサークルでもやっていることだ。同情はしていたが、それだけだった。

新歓コンパでは、小野も酷い目に遭っていた。入部した時にキャプテンを務めていた天本《あまもと》は体育会気質の強い男で、二次会の洋風居酒屋のメニューにあったアルコール全種類を飲めと強要された。

他の一年生がばたばたと倒れ、最後に残った小野もテキーラのショットを喉に流し込むのと同時に意識を失い、数時間後に目が覚めた時には、上半身が嘔吐物まみれになっていた。

あれは儀式だ、と小野は思っていた。仲間になるために、やらなければならない儀式。

四人いた新入部員の一人が、こんなサークルだと思わなかったと辞めたが、あれは負け犬の遠吠えだ。その後は先輩たちともすぐに馴染むことができた。それが儀式の持つ力だ。

馬鹿な奴だ、と諸井の顔を頭に浮かべた。こんな田舎から東京へ出てきて、舞い上がっていたんだろう。

無理をするから、あんなことになった。死んだのは本人の責任だ。

(マジで帰りてえ)

諸井の死に顔は、常に頭の片隅にあった。祖母が亡くなった時、その顔を見ていたが、まるで眠っているようで、怖いとは思わなかった。

だが、諸井の顔には苦悶の表情が浮かんでいた。恨み、憎悪、敵意、あらゆる負の感情がそこにあった。不快な記憶だったが、忘れることはできなかった。

ヒートウェーブが一年間の活動停止処分を受けたのも、諸井のせいだ。何よりも堪《こた》えたのは、ヒートウェーブ部員を非難する者が絶えなかったことだ。

大学はもちろん、ネットやSNSでさんざん叩かれ、一時は実家で引きこもっているしかなかった。友人たちも距離を置くようになり、両親からは強く叱責された。

誰が言ったわけでもないが、部員同士で連絡を取り合うことも暗黙のうちに無くなり、一人で過ごすしかなかった。これでは何のために四ツ葉大学に入ったのかわからない。

就職に影響が出るのも間違いなかった。三年に上がった時点で、OB訪問を始めたが、ほとんどが事件のことを知っていたし、面会を拒否されたこともあった。

(全部、諸井が悪いんじゃねえか)

本堂の座布団の上で胡座《あぐら》をかき、気の抜けたビールを飲んだ。やけ酒ではないが、それしかすることがなかった。

「大丈夫?」

心配そうに純子が言ったが、放っておいてくれと手を振った。精進料理も味気無く、不味かった。何もかもが腹立たしい。

見回すと、本堂の中にいくつかの輪が出来ていた。諸井家の親戚、村の知人、諸井の友人、そしてヒートウェーブの部員だ。

将弦さんが心配じゃ、という昭造のいがらっぽい声が聞こえた。

「あの人は若い時から心臓が弱かった。体を鍛えるために弓をやっておったし、名人と呼ばれるほどええ腕じゃったが、いつの間にか止めてしもうて……」

一病息災とも言いよります、と啓輔が苦笑した。

「先代は体に気をつけていなさった。ちいと熱がある言うては大河原先生のところへ行き、心臓が苦しい言うては大きな病院へ通い、何やかんやで八十まで長生きしちょる。ほいじゃけ、大丈夫じゃと思いますよ」

八十歳ならしょうがないっすよね、と小野は上目使いで島本を見た。

「その歳になれば、誰だってどこか悪くなりますよ。入院してたんでしょ？　法要でお経を唱えるなんて、無理だったんですよ。おとなしく寝ていれば……」

止めろ、と島本が不機嫌そうな表情で言った。

「諸井のために無理を押して病院から出てきたんだ。親族でなければ、わからない事情もある。他人のおれたちが口を挟むようなことじゃない」

失礼よ、と音音が長い髪を払った。

「そういうところ、ホントに直した方がいいって。小野くんは空気が読めないんだから、こういう場では黙っていればいいの」

（偉そうに）

小野は瓶ビールに手を伸ばした。三十分ほど経つと、誰もが無言になっていた。

「ちょっと煙草吸ってきます」沈黙に耐えられず、小野は立ち上がった。「構わないっすよね？」

雨が降ってるぞと島本が言ったが、寺の門までは三十メートルほどだ。走ればすぐだし、門の左右には屋根がついている。その下なら濡れることはない。

小野は本堂を出た。雨の勢いはそれほど強くない。寺の門を出たところで、くわえていた煙草に火をつけた。

（落ち着くなあ）

吐いた煙が闇の中に溶けていく。田舎は嫌だ、とつぶやきが漏れた。

（あのじいさん、死ぬのかな）

せわしなく煙草を吸い続けた。大学もそうだが、最近は公共の場で喫煙することが出来なくなっている。吸える時に吸っておく癖がついていた。

部屋で吸えればと思ったが、一週間もすれば参拝客があの部屋に泊まるだろう。煙草の臭いは長く残るし、喫煙の習慣がない者ほど臭いに敏感だ。

この寺に来ることはもうないだろうが、後で文句を言われるかもしれない。一年間、針の筵《むしろ》に座っていたためもあり、不謹慎と言われるのは避けたかった。

置かれていた灰皿に吸い殻を押し付けていた手が止まった。一日修行のために来る者は少なくない、という道代の言葉が頭を過った。

それは本当なのだろう。テレビで特集を組むぐらい人気なのは知っていたし、ネットの記事を読んだこともあった。

流行りに乗っかる連中はどこにでもいる。だが、突然やってきた者を泊めるだろうか。食事や寝具の用意、掃除もしておかなければならない。予約が必要になるのは、考えるまでもなかった。

新しい煙草を抜き出し、唇の端でくわえたまま、小野は酔いの回った頭で考え続けた。部屋数に限りがあるし、食材の準備もある。その日、何人泊まるのかわからないのでは、一日修行も何もない。

都睦寺にホームページがないのは、来る前に調べてわかっていた。地方の小さな寺だから、作っていないのは当然かもしれない。

では、どうやって予約を取るのか。電話以外に手段はないはずだ。

だが、送られてきた一周忌法要の案内状に、電話番号は書いてなかった。ヒートウェーブの八人は返信用ハガキを送り、その後待ち合わせの場所や時間などを伝える手紙が届いたが、そこにも電話番号は記されていなかった。

烏目山では携帯電話が使えないから、寺には固定電話があるはずだ。客からの予約を受け付けるため、あるいは病人が出た場合、病院と連絡を取らなければならない。そのために必要なのは電話だ。

大河原が救急に通報しなかったのは、救急車を呼ぶより自分たちが将弦を車で運んだ方が早いと考えたためだろう。その判断は正しいかもしれないが、事前に病院に将弦の症状を伝え、受け入れ態勢を準備させるべきではなかったか。

大河原も携帯が繫がらないのはわかっていたはずだ。山を下りれば病院と連絡を取ることができると言っていたから、それは間違いない。寺に固定電話があるのを知らなかったのだろうか。

何かがおかしい、と小野はつぶやいた。酔っているため、頭が回らない。集中しろ、と自分の頭を叩いた。

オレのオヤジが目の前で倒れたら、すぐに119番通報する、と小野は煙草に火をつけた。放っておくわけにはいかない。誰だってそうするだろう。

剛たちはどうして病院に連絡しなかったのか。気が動転して、電話のことを忘れていたのか。気配を感じて顔を上げると、彫像の火神と目が合った気がした。馬鹿らしいと煙を吐いた時、背後で物音がした。振り向くと人影が立っていた。

（誰だ？）

くわえ煙草のまま、数歩近づいた。雨で視界が滲んでいたが、白装束を着込み、顔に能面をつけているのがわかった。

二メートルほどしか離れていない。足音が聞こえなかったのは、雨が降っていたためだ。

「誰だよ」

勘弁してくれ、と小野はため息をついた。

「そういう冗談は止めろ。寺だぞ？　気味が悪いじゃねえか」

能面が手を振るのと同時に、小野の手の甲から真っ赤な血が飛び散った。能面が持っていたのは、刃がついた大ぶりのナイフだった。

「何だよ、止めろ！　冗談になってねえぞ！」

叫んだ声が雨に紛れた。能面が飛びかかってくる。

反射的に避けたが、左の肩口に鋭い痛みが走った。喪服を切り裂いたナイフが肉を抉《えぐ》っていた。

畜生、と叫んだが、能面がナイフをふるう方が速かった。腰にナイフが刺さり、仰向けに倒れた。

「誰か、助けてくれ！」

悲鳴をあげた口をナイフが貫いた。鉄の味が口一杯に広がる。切断された舌が喉の奥に吸い込まれていった。

小野の体を能面が何度も刺している。そのたびに鈍い音がした。

何カ所刺されたのか、それすらわからない。全身が血にまみれ、痛みも感じなくなっていた。朧《おぼろ》げな意識だけが残っている。能面が腕を摑み、小野の体を引きずった。そのまま濠に蹴り落とされた。

体に力が入らない。どうして、とつぶやいた口に水が入り込み、それが最期だった。

Wind4 卒塔婆

1

将弦さんはもう病院に着いたかの、と昭造が壁の古い時計に目をやった。七時半になったばかりだ。広い本堂にいくつか輪ができていたが、話している者はいなかった。

大河原先生たちが寺を出たのは三十分ほど前です、と松岡が言った。

「どんなに急いでも、山を下りるのにあと一時間はかかるでしょう。もう七時半だから、山道は真っ暗ですよ。スピードを出せば事故が起きるかもしれません。麓まで下りるのは八時半……もっと遅くなってもおかしくありません。ただ、途中で携帯が繋がるはずですから、救急車を呼ぶと思いますけど」

何もなければいいんじゃが、と昭造がため息をついた。それがきっかけになったのか、他の者たちが口々に心配だと言い始めた。

美月はそっと立ち上がり、本堂の外に出た。広いとはいえ、三十人近い人がいるので息が詰まる。新鮮な空気を吸って、気分を変えたかった。

将弦という老人には、狭心症の持病があったという。四十代以上に多い病気なのは知っていた。病状が軽ければ、横になって休んでいるだけで治るし、定期的に病院へ通い、診察や投薬で発作を防ぐこともできる。

だが、将弦は八十歳だ。軽い風邪でも、高齢者にとっては命取りになることがある。

将弦の顔色は青白いというより、紙のように真っ白で、生気もなかった。無理を押して病院を一時退院し、一周忌法要で読経をしたためだろう。

諸井が生きていれば、一周忌法要をする必要などなかった。万一のことがあれば自分たちの責任だ、という想いがあった。

しばらく前から雨が強くなっていた。本堂の出入り口にある木製のベンチに座り、大きく息を吸い込んだ時、どこからか人の声がした。悲鳴のような気がしたが、そんなはずないと首を振った。

それでも、声が耳から離れなかった。辺りを見回したが、人の気配はなく、何も聞こえない。不意に怖くなった。視線の先にあるのは墓地だ。今のは幽霊の声だったのではないか。

大きく首を振り、ベンチから立ち上がった。幽霊の正体見たり枯れ尾花、という諺《ことわざ》が頭に浮かんでいた。

2

本堂の出入口で、スリッパを揃えていると、烏野原村のことを調べたんです、と佐川が話す声が聞こえた。

「ぼくは推理小説が好きで、いい趣味だとは自分でも思いませんが、実際に起きた犯罪にも興味があります。烏野原村のことは、前から知っていたんです」

例の事件ですね、と草薙がしかめ面になった。烏野原村の由来は道代さんと啓輔さんに聞きました、と佐川が話を続けた。

「戦国時代……それ以前からこの辺りに集落があったそうですね。源平時代には烏賀茂と呼ばれていた、という資料を読んだ覚えもありますが――」

大昔の話じゃよ、と横から昭造が話に割り込んだ。

「伝説みたいなもんじゃ。わしらもそれほど詳しいわけじゃありゃせん。ほいじゃが、昔は烏賀茂と言われちょったゆう話は聞いちょる。どこまで本当か、そりゃ知らんがのお」

江戸時代の初めまで、烏賀茂と呼ばれていたのは間違いないようです、と佐川が座り直した。

「岡山は戦国大名の宇喜多秀家《うきたひでいえ》の領地でしたが、関が原の戦いで敗れたため、小早川秀秋《こばやかわひであき》が入封し、備前《びぜん》、美作《みまさか》五十一万石の領主となり、その後池田《いけだ》……誰だったかな、名前が出てこない」

忠継《ただつぐ》じゃ、と昭造が手を叩いた。明治維新まで池田家が岡山藩を治めていました、と佐川が小さく笑った。

「忠継の頃、鳥賀茂村という村名があったのは間違いありません。戦後、隣の曾田《そだ》村と合併して、鳥野原村になったようです」

四ツ葉大生は勉強熱心ですねと笑った松岡に、好きなだけです、と佐川が軽く手を振った。

「前から、曾田村に興味があったので……戦時中、昭和十八年に有名な三十三人殺しが起きてますよね？」

何人かが不快そうな表情を浮かべた。あの事件は村にとって黒歴史なんです、と草薙が低い声で言った。

「八十年前の事件ですが、当時曾田村には三百人ほどが暮らしていました。村民の十分の一が殺されたわけです。酷い事件ですよ……犯人の都川《とがわ》群津実《むつみ》の親族は事件直後に村を追われ、犠牲者の家族もほとんどが離散し、残ったのは五十人もいなかったと聞いています。曾田村と鳥賀茂村が合併し、鳥野原村に村名を改めたのは、あの事件のためだったという話もあるぐらいです」

それは違うんじゃ、と昭造が顔をしかめた。

「佐川さんじゃったかの？　合併したんは鳥賀茂村と曾田村だけじゃのうて、もうひとつ阪井《さかい》村も一緒だったんじゃ。ほんまは南神村《みなみかみ》も合わせて町になるはずじゃったが、そこはうまくいかんかった。ありゃ惜しいことをした。町になっとれば、もうちっと便利になっちょったんと違うかの」

南神村の住人が強く反対したという当時の新聞記事を読みました、と佐川が言った。

「三十三人殺しがあった曾田村との合併は断固拒否すると請願書まで提出したそうですが、本当ですか？」

それは都市伝説ですよ、と松岡がグラスにビールを注いだ。

「ひとつの村の面積が広いので、四つの村をまとめて町にすると、かえって不便になるんです。今、村役場は旧鳥賀茂村にありますが、南神村は曾田村から山ひとつ挟んでいるので、車でも一時間以上かかります。合併したのは昭和四十年で、住民票一枚取るのに旧鳥賀茂村の役場まで来るのは面倒だ、と南神村の住人は思ったんでしょう。今みたいにコンビニで何とかなる時代じゃなかったんです。確かに陰惨な事件ですし、都川のことを話したくないという住民感情もあったとは思いますが。でも、昭和十六年の事件ですからね。そのために反対する者はいなかったはずです」

三十三人殺しって何なのと言った晴海に、知らないのかと島本がグラスを手にした。

「映画やテレビドラマにもなってるけどな……詳しいわけじゃないが、佐川が話していた曾田村に住んでいた都川って男が結核に罹《かか》ったんだ。当時は不治の病で、伝染病として恐れられていたから、村の住人は都川を避けるようになった。それを恨んだ都川が三十三人の住民を殺したんだよ」

悪趣味、と晴海が馬鹿にしたように言った。

「男の人って、そういう下らない話が好きだよね」

村に住む者としてはいい迷惑です、と松岡が肩をすくめた。

「都川群津実が曾田村の三十三人の村民を殺害したのは事実ですが、今とは事情が違いますからね。戦争中の話ですし、いつまで嫌な噂を聞かなきゃならないんだってことにもなりますよ。もっとも、最近では風化したも同然ですけど」

もう止めましょう、と荻原が苦笑を浮かべた。

「今夜は保の一周忌です。保のことを話しませんか？　そのために集まったわけですし……」

ほいじゃが、将弦さんも剛もおらんと昭造が欠伸をした。

「これじゃ法要ちゅうても、どうにもならん。道代さん、どうするかね？」

すみません、と道代が頭を下げた。

「まさか祖父が倒れるとは思ってもいなかったので……。そろそろ八時ですし、いつ父が戻ってくるかわかりませんから、皆さんにもご迷惑かと思います。今夜は帰っていただいて、明日の朝、また集まってもらった方がいいかと……」

それもそうじゃのと昭造が腰を上げると、周りにいた者たちも立ち上がった。

「とりあえず、一度帰ることにするか。わしゃ、眠うなってきた」

小さな笑いが起きた。ぼくたちは早苗を待ちます、と松岡が言った。

「ここへはぼくの車で来ているんで、早苗が戻ってこないと、帰る足がないんです」

松岡の後ろに座っていた朱里が立ち上がり、何も言わないまま本堂の奥へ向かった。頬の辺りに涙の跡があった。

将弦が倒れてから、ほとんど話していない。声をかけるのがためらわれるほどだった。

トイレかな、と心配そうに松岡が言った。

「朱里はぼくや保のひとつ下で、高校を卒業してからは村の郵便局で働いていました。ぼくたちも久しぶりに会うんですが……」

松岡さんたちは知らないと思いますけど、保さんと朱里は付き合っていたんですと安東が低い声で言った。

「保さんが四ツ葉大学に合格して東京へ行くのが決まった時、ケンカになって別れたんですけど、保さんの葬儀に来なかったのは覚えてますか？　ショックが強すぎて受け入れられなかったからで……朱里は保さんのことを忘れていなかったんです」

「どうしてお前が知ってるんだ？」

松岡の問いに、うちの母が朱里のお父さんの従兄妹なんです、と安東が答えた。

「ずっと鬱で通院していたそうです。今日もほとんど話していなかったでしょう？　見ていられないっていうか……」

保は女泣かせだな、と草薙がため息をついた。ほいじゃあ、わしらは帰るかのと昭造が周りに声をかけた。

「長居したら、かえって迷惑かもしれんでな。おうおう、外はえろう降っちょるの。みんな、山を下りる時は気をつけるんじゃぞ。酒が入っちょる者もおるじゃろ。運転は慎重にな」

おじさんが一番危ないですよ、と啓輔が笑った。違いない、と昭造が膝を叩いた。

「ほいじゃが、心配せんでええ。言うほどは飲んじょらん……道代さん、明日の朝にまた来るけえ、そん時はよろしゅう頼む。それにしても、将弦さんはどないなったかのお」

道代と啓輔の二人が剛と朝子の帰りを待つことになり、他の親戚や知人は本堂を後にした。昭造をはじめ、十五人ほどが車に乗り込み、寺の門から出て行った。

「……小野さんはどこだ？」

駐車場から出て行く車の列を見送っていた赤星がつぶやいた。

「煙草を吸いに行くと言ってたけど、あれは何時だった？　遅くないか？」

赤星くんにはわかんないって、と音音が薄笑いを浮かべた。

「あたしも前は煙草を吸ってたから、小野くんの気持ちはわかるつもり。彼はニコチン依存症だから、吸える時に吸っておきたいのよ。それに……ここにいたって退屈なだけだって思ってるのかもね」

不謹慎だぞと言った佐川に、失礼しましたと音音が長い舌を出した。最後の一台のテールランプが、闇の中に消えていった。

3

本堂に残ったのは道代と啓輔、草薙たち五人、そして美月たち八人だった。トイレに行った朱里と外で煙草を吸っている小野が戻っていないが、全部で十五人だ。

「お茶でもいれましょう」

道代が立ち上がり、隅に置かれていた棚から茶器を取り出した。手伝います、と美月はそれを受け取った。

道代がストーブにかけていた大きな薬缶《やかん》から急須にお湯を注ぎ、美月は黒い小ぶりの湯飲み茶碗を全員の前に置いた。

お客さんにこんなことをさせて申し訳ないですな、と啓輔が頭を掻いた。

「わしがやらにゃあかんのに、どうも腰が重くてすまんです」

いいんですと言った美月に、倉科さんは座っていてと道代が微笑んだ。

「気を遣わなくていいんですよ」

いえ、と美月は急須でそれぞれの茶碗にお茶を注いだ。

「わたしは……諸井くんに何もしてあげられませんでした。悔やんでも始まらないとわかってますけど、できることがあれば何でもしたいと思ってます」

保はええ友達を持ったのお、と啓輔が大きくうなずいた。

「倉科さんみたいな優しい友達がおったんじゃ。それだけでもありがたいと思わにゃいかん。こんなことを言うたら違うかもしれんが、保とそれほど長《など》う付き合っておったわけでもないのに、東京からわざわざ来てくれて、本当に感謝しちょるんですよ」

当然のことですと言った島本が、正座して頭を下げた。

「諸井くんの冥福を祈るために、一周忌法要に伺わせていただきました。それしかできることはありません」

そんなに堅苦しいことを言わなくても、と松岡がお茶に口をつけた。そうですよ、と啓輔が言った。

「保が亡くなったんは、誰のせいでもありゃせんのです。どうにもならんかったことで、島本さんらが頭を下げんでも……」

ぼくはどうしても気持ちが整理できなくて、と赤星が辛そうに息を吐いた。

「どうしても、諸井くんに謝りたいと……」

わかるよ、と晴海が赤星の背中をさすった。肩が大きく揺れている。感情を抑えきれないのだろう。

顔でも洗ってこい、と佐川が赤星の肩を叩いた。

「葬式と一周忌法要は違う。亡くなった人を偲んで、思い出を語り合う場だ。お前が泣いたって、諸井は喜ばない」

道代さんたちの気持ちも考えて、と美月は赤星の手を取った。

「あたしも行く。落ち着くまで、一緒にいるから」

わかった、と赤星が右手で目を拭った。本堂の奥から別棟の廊下に出たところで、ここへ来るべきじゃなかったと美月は囁いた。

「あたしたちにそんな資格はない……本当のことを言えなかった自分を、今も責めてる。だけど……」

いいんだ、と足早に歩いていた赤星が廊下の突き当たりで足を止めた。

「ぼくたちは間違った道を選んだ。これからもずっと苦しみ続けるだろう。それが罰なんだ……君が辛いのはわかる。でも、前へ進むしかない。何があっても、ぼくが君を守る」

美月の手を離した赤星が、男性用トイレに入っていった。ため息をついて、美月も女子用トイレの扉を開いた。

木製の扉こそ古びているが、トイレの造りは新しかった。四つの個室が並び、一番奥だけドアが閉まっている。そこに朱里がいるのだろう。

手前の個室に入ると、涙が浮かんできた。諸井への罪の意識が重くのしかかり、耐えられないほどだ。

どうしてあんなことになったのか。もう一度あの時に戻ることができたら、すべてを一からやり直せるのに。

だが、どうにもならないとわかっていた。一度犯した過ちを取り消すことはできない。

個室を出て、洗面台の前に立った。大きな鏡を見ながら、軽くメイクを直していると、鏡の端に細い紐が映っていることに気づいた。

ゆっくり振り返ると、奥の個室の上にある梁《はり》から紐が下がっていた。紐ではなく、細いロープだ。ロープがかすかに揺れている。

「……朱里さん？」

声をかけたが、返事はなかった。朱里さん、ともう一度名前を呼んだ。ロープの揺れが少しだけ大きくなっている。

美月はドアに手を掛け、静かに引いた。長い髪に半分隠れた顔が、宙に浮いていた。

悲鳴が聞こえた。自分の声だとわからないまま、美月は叫び続けた。

4

啓輔と安東が朱里の体を降ろし、トイレの床に敷いた毛布の上にそっと置いた。美月は赤星の胸に顔を埋め、泣くことしかできなかった。

周りに道代たちが立っている。誰もが無言だった。入れずに廊下にいた島本と佐川が扉から中を見ている。

啓輔が静かに首を振った。嘘だろ、というつぶやきが安東の口から漏れた。

「まだ温かい。死んだなんて、そんな馬鹿な……」

わたしが診ます、と晴海が前に出た。

「医学部の五年生で、医師免許は持っていませんが、蘇生術は習っています」

啓輔が場所を空けると、跪《ひざまず》いた晴海が朱里の細い手首と頸動脈に触れ、次に鼻と口に指を当てた。閉じていた瞼を押し開き、最後に直接薄い胸に自分の耳を押し付けた。

手を合わせた晴海が、朱里の心臓を上から強く何度も押した。

「ＡＥＤはありますか？」

いえ、と道代が首を振った。晴海が胸骨圧迫を三十回繰り返し、人工呼吸を二回してから、また胸骨を押した。

五分ほど続けていた晴海が、亡くなっていますと腕を離した。

「呼吸停止、瞳孔散大、心臓マッサージと人工呼吸を行いましたが、反応はありません。死亡確認は医師にしか出来ませんが、彼女が亡くなったのは確かです。これ以上はどうすることも……」

本堂に運ぼうと言ったのは草薙だった。そうしましょうとうなずいた道代に、後で問題になるかもしれませんと晴海が言った。

「自殺は変死扱いなので、警察が調べることになります。現場保全が不十分だと、ここにいる全員が事情聴取を受けることになるでしょう」

構いません、と道代が言った。

「かわいそうに、こんなところで首を吊るなんて……草薙くんたちは朱里さんを外に運んでください。わたしは布団の用意をします」

草薙と松岡、そして荻原と安東が毛布の端を摑み、ゆっくり持ち上げた。荻原の側に朱里の体が傾き、喪服の襟元から白い封筒が床に落ちた。

美月はその封筒を拾い上げた。封が開いている。中に入っていたのは、一枚の便箋だった。

「……お父さん、お母さん、先立つ不孝をお許しください」

誰に言われたわけでもなかったが、美月は手紙を声に出して読んだ。

「こうする以外、どうしようもありませんでした。保くんは初恋の人です。彼が東京に行っても、わたしの気持ちは変わりませんでした。初めて会った日から今日まで、保くんのことだけを想っていたんです」

便箋に涙の跡があった。気づくと、美月も泣いていた。

「……一年前、保くんが亡くなったと聞き、後を追おうと手首を切りましたが、お母さんに見つかって、止められました。でも、死にたいという気持ちは強くなるばかりです。本当にごめんなさい」

諸井家の皆様へ、と美月は道代に視線を向けた。涙で文字が滲んだが、手の甲で拭い、続きを読んだ。

「ご迷惑をおかけすることをお詫びします。もし許していただけるなら、保くんのお墓のそばに葬っていただけないでしょうか。墓石も何もいりません。保くんの隣にいるだけで幸せです。よろしくお願いします。本多《ほんだ》朱里」

馬鹿野郎、と安藤が床を蹴った。迷惑だなんて思いませんよ、と道代が朱里に顔を寄せた。

「ごめんなさい、あなたの想いに気づかなくて……わたしがあなたのご両親と話して、保の隣にお墓を建てます。だから、許してね。本当にごめんなさい……啓輔おじさん、朱里さんを保の部屋に運びましょう。その方が喜んでくれるはずです」

そうじゃな、と啓輔がうなずいた。

「後のことは、また考えりゃあいい……わしの後について来てくれるかね」

廊下に出た啓輔が、トイレのそばにある階段を上がっていった。島本、佐川、そして赤星が手を伸ばし、朱里の体ごと布団を下から支えた。

美月は便箋を封筒に戻し、道代に渡した。雨の音以外、何も聞こえなかった。

5

本堂で待っていると、道代たちが戻ってきた。小さなため息をついた啓輔が座布団に腰を下ろし、冷めたお茶をひと口飲んだ。

「困ったのお、病院なり警察なりに連絡したいところじゃが、ここでは携帯が繋がらん。わしゃあ鳥目じゃけえ、車で山を降りると時間ばかりかかりおる」

わたしが行きますと言った美月に、東京の人には無理じゃよ、と啓輔が首筋を掻いた。

「それにわしの車はマニュアルじゃき、運転できんでしょう。大河原先生が戻ってくるのを待った方がええのか……いや、それもまずかろう。朱里の親にも伝えにゃならんしな」

ぼくが運転しますと言った安東に、クラッチの繋ぎ方もわからんくせに、と啓輔が苦笑した。

「そんな奴が山を下りるのは、無茶を通り越して無謀っちゅうもんじゃ。ここはわしに任せい」

大丈夫ですか、と美月は啓輔の顔を見つめた。法要の後、ビールを飲む姿を見ている。酔っているのではないか。

慣れちょりますでと言った啓輔が、晴海に目を向けた。

「田辺さんでしたかの、お医者様の卵なのに、よう頑張ってくれよりましたな。大河原先生が戻ったら、見たまんまを伝えてもらえりゃええです。よろしゅうお願いします」

雨が小止みになっています、と外に出ていた荻原が大声で言った。

「でも、また降り出すかもしれません。行くなら今の方がいいと思います」

靴を履いた啓輔が、駐車場に停めていたマイクロバスのドアを開けた。

「道ちゃん、後は任せるけえ」運転席に乗り込んだ啓輔が窓から顔を出した。「何やら騒がしゅうて、皆さんには申し訳ない思うちょりますが、しばらくの辛抱ですけえ、待っちょってください。はあ、えらいこっちゃ」

大丈夫なの、と音音が囁いた。呂律《ろれつ》が少し怪しいが、酔ってはいないようだ。

美月も不安だったが、マニュアル車を運転できるのは啓輔だけだ。止めることはできなかった。

啓輔がエンジンをかけた。叔父はタクシーの運転手です、と道代が言った。

「山道にも慣れてますし、危ない運転はしません。ここは任せて、わたしたちは本堂に戻りましょう」

美月は走りだしたマイクロバスを目で追った。ゆっくりと門を抜けていく車体に、ふらつきはなかった。

6

どれぐらい待つことになるかな、と松岡が座布団に座った。一、二時間だろう、と草薙が言った。彫りの深い顔に、汗が浮いていた。

辺りを見回していた佐川が、ちょっと外の空気を吸ってくると言って本堂を出た。本当にすみません、と道代が新しくいれたお茶を勧めた。

「皆さんもお疲れでしょう。部屋で休んだ方が……」

いいえ、と美月は首を振った。正面に諸井の遺影がある。寂しい思いをさせたくなかった。

「すいません……部屋に戻ってもいいですか?」

純子がほとんど聞き取れないほど小さな声で言った。顔色が悪いな、と島本が肩に手を置いた。

「辛いのはわかる。彼女……朱里さんのあんな姿を見るべきじゃなかった。部屋で少し眠った方がいい」

　頭を下げた純子の腕を取った島本が、本堂の奥へ向かった。しばらく戻ってこないよ、と音音が美月の脇を肘でついた。

「どうしてです？」

　部屋でいろいろすることがあるの、と音音が片目をつぶった。まさかと言った美月に、別にいいでしょ、と音音が笑みを手で隠した。

「そりゃあ、晴海さんは気分悪いだろうけど、あの二人は付き合ってるんだから、余計なことを言っても始まらない。でしょ？」

「だって……諸井くんの一周忌なんですよ？」

　だから興奮するってこともある、と音音が声のトーンを落とした。不謹慎だと自分でもわかっているのだろう。

　美月は視線を左に向けた。晴海が道代と話している。音音の声は聞こえていないようだ。

「小野さんは何をしてるんだろう」胡座をかいた赤星が外に目をやった。「いくらヘビースモーカーでも、長すぎないか？」

　あんたたちは真面目だよねえ、と音音が低い声で言った。

「こんなこと言いたくないけど、あたしはこんな田舎に来たくなかった。だけど、知らない顔もできないじゃない？　島本さんじゃないけど、どこかで区切りをつけなきゃならないし、一周忌法要がいい機会なのは本当よ」

そう思います、と赤星がうなずいた。うちらは諸井くんの身内でも友達でもない、と音音が左右に目をやった。

「頭も下げるし、ご冥福もお祈りするけど、諸井くんと仲が良かったわけじゃない。かわいそうだとは思うよ。責任があるって言われたら、そうかもしれない。だけど、ここに来たからって何も変わらないでしょ？」

言い過ぎですと首を振った赤星に、だから言いたくないけどって言ったじゃん、と音音が声を潜めた。

「小野くんは諸井くんの死に責任があると思ってる。彼が無理に酒を飲ませなかったら、あんなことにはならなかった。居辛いのはわかるでしょ？　戻ってこないのは煙草がどうこうじゃなくて、罪の意識があるからで――」

何の話ですか、と草薙がビールの大瓶を持ったまま、美月たちの前に座った。何でもありませんと首を振った音音に、大学で保はどんな感じだったんですか、と草薙がグラスに注いだビールを飲んだ。

写真があります、と美月はスマホを取り出した。圏外でも写真のファイルを開くことはできた。

「最初の部活の時に撮ったんです。記念撮影じゃないんですけど、部員全員が集まって……」

スマホをスワイプすると、赤星と三人で撮った写真が出てきた。液晶画面の中で諸井が笑っている。見ていて辛くなるような笑顔だった。

「ちょっと……部屋に戻るね」待っててください、と美月は立ち上がった。「諸井くんにハンカチを借りたことがあって、返しそびれてたんだけど、今日持ってきてるから……」

早く戻ってこいよ、と赤星が言った。わかってる、と美月は本堂の奥にある扉を開いた。

7

キャリーバッグのサイドポケットに入れていたハンカチを取り出し、美月はため息をついた。クリーニングに出していたので、プレスが利いている。別に用意していた紙袋に入れ、そのまま部屋を出た。

本堂も寒かったが、別棟の廊下はそれ以上だった。スリッパを履いていても、冷気が足の裏を突き刺し、痛みを感じるほどだ。

(雨のせいだろうか)

四月下旬、ゴールデンウィーク前だ。季節は春と言っていい。

岡山県は東京より西に位置している。山陽というぐらいだから、暖かいだろうと思っていたが、ストーブを焚いているぐらいで、気温は低かった。

寺が山頂にあるからかもしれない、と美月は本堂に向かって歩いた。だが、鳥目山はそれほど高いと言えない。

山頂まで車で一時間半ほどかかったが、それは道路が螺旋状になっているためで、高さは五百メートルもないだろう。気温が下がるとしても、一、二度ではないか。

天井の電球が弱々しい光を放っているだけで、廊下は薄暗く、奇妙なほど静かだった。もっとも、誰もいないのに音がしたら、その方が怖い。

一日修行の客を泊めるための部屋だ。誰もが早めに就寝し、早朝に起床する。トイレに行く者はいるだろうが、廊下を煌々《こうこう》と照らしておく必要はない。

わかっていたが、何か得体の知れない物がすぐ近くにいるような気がした。目には見えないし、触れることもできないが、確かに何かがいる。

何かが自分を見つめている。そして、それは敵意を持っている。

足を止め、振り返った。薄暗い廊下に人の気配はない。どうかしている、と頭を振った時、声が聞こえた。

女が泣いている。しゃくりあげ、鼻をすするような音もした。

美月は左右に目をやった。どこから聞こえているのかわからない。

泣き声が続いている。背筋が寒くなり、二の腕に鳥肌が立った。

しばらく耳を澄ましているうちに、純子の声だとわかった。首を吊って自殺した朱里の姿にショックを受け、泣いているのだろう。

純子が繊細な性格なのは知っていた。泣くことしかできなくなっているのだろう。

大丈夫だ、という島本の低い声がした。二人がどの部屋にいるのか、それでわかった。左奥から二番目の純子の部屋だ。

「もう泣くな。朱里さんの自殺は、ぼくたちのせいじゃない。彼女はずっと諸井に想いを寄せていた。諸井が東京へ行っても、忘れられなかったんだ。諸井の死に絶望して死を選んだ。かわいそうだとは思うが、それは彼女の問題だ。忘れた方がいい」

でも、と純子がかすれた声で言った。

「あれは……諸井くんが死んだのは……あたしたちにも……」

切れ切れに声が続いていたが、よく聞こえない。心配になって部屋のドアをノックしようと手を上げたが、思い止まった。島本に任せておいた方がいい。

視線を感じて、美月は顔を上げた。廊下の奥に誰かがいる。

逃げ出したかったが、恐怖を押し殺して近づくと、壁一面に能面が飾られていた。

翁《おきな》面、女面、男面、童子面、小尉《こじょう》面、般若面、怪士《あやかし》面、鬼神面、恵比寿面、鬼面、数え切れないほどの種類がある。

廊下に出てから常に視線を感じていたが、正体はこの能面だ。薄暗かったために気づかなかったが、三十枚以上の能面を意識しないまま見ていた。誰かではなく、自分の視線に怯えていたのだろう。

喪服のポケットに入れたハンカチを強く握り、美月は足早に廊下を進んだ。本堂に続く扉を開くと、赤星や松岡たち、そして道代と晴海が話す声が聞こえた。

今までは人が多かったためにわからなかったが、木の扉は防音壁を兼ねているようだ。僧は夜明けと共に勤行を始めると聞いたことがあるが、その時間、一日修行の客はまだ眠っている。防音にしているのはそのためだろう。

「どうした？　遅かったじゃないか」

手を上げた赤星に、ちょっと待ってと目配せして、道代の前に座った。

「あの、これを……諸井くんに借りていたハンカチです。返す機会がなくて……」

紙袋を差し出すと、わざわざありがとうございますと道代が微笑んだ。

「保が四ツ葉大学に合格した時、母が贈ったハンカチです。小物ひとつでも、ちゃんとした物を身につけなさいと……」

遅くなってすいませんでしたと頭を下げ、赤星の横に座った。目の前で松岡がワインの瓶を抱えていた。

「お酒、強いんですね」

それなりです、と松岡がグラスに注いだワインをひと息で飲み干した。

「よかったら、倉科さんもどうです？」

いえ、と美月は自分の湯飲みに残っていたお茶をひと口飲んだ。

8

佐川は駐車場に立ち、正面を見た。都睦寺由来と記された看板がある。どういうことだと首を捻ったが、何もわからなかった。

中学の頃から推理小説を読むようになり、高校の時にはマニアックと言っていいレベルで読み漁《あさ》っていた時期もある。

四ツ葉高校にも同じ趣味を持つ生徒がいたが、彼らとは一線を引いていた。自分はマニアだが、彼らはオタクで、その差は大きい。

彼らをリーフボーイと呼ぶ者はいない。ヘアスタイルやファッションに気を遣うこともなく、仲間内だけで通じる言葉でしか話さない。

大学に入学してヒートウェーブに入ったのは、あの連中と違う、と周囲に示すためもあった。サークルではウインドサーフィンを楽しみ、家では読書に勤《いそ》しむ。それが佐川のライフスタイルだった。

曾田村の三十三人殺しのことは、前から知っていた。日本犯罪史上稀に見る、単独犯による大量殺人だ。ミステリー好きにとっては常識と言っていいほど有名な事件だった。

昭和十六年に起きた事件だが、当時の新聞でも大きく取り上げられ、資料も数多く残っているし、研究書や関連書籍は十冊以上ある。入手できる本や雑誌には、すべて目を通していた。

犯人の都川群津実は曾田村の住人三十三人を殺した後、自殺している。最初に殺害したのは自分の祖母で、被害者の半数は都川家の縁戚者だったという。

事件後、都川家は廃絶されている。群津実が幼い頃、両親は共に病死していたので、家族は姉と祖母だけだった。

群津実は自殺し、姉は他県に嫁いで名字を変えた。後継ぎがいないのだから、廃絶するしかなかっただろう。

わからないのは、群津実を葬ったのが誰かということだった。姉は結婚した時に籍を外していたし、その後も群津実との関係を徹底的に隠している。

親類縁者はいたはずだが、群津実との関係を語る者はいなかった。異常かつ猟奇的な事件の性格を考えれば、そうするしかなかっただろう。

岡山県内の寺が遺骨を引き取り、無縁仏として弔ったと資料にあったが、寺の名称は不明だ。場所もわからない。

都睦寺がその寺ではないか、と佐川は推測していた。諸井保の一周忌を理由に岡山へ来たのは、それを確かめるためだった。

根拠は寺の名前だ。都睦寺とは、都川の〝と〟、群津実の〝むつ〟から取ったのではないか。そう考えれば辻褄が合う。

この仮定が正しければ、新事実の発見と言っていい。佐川の推測を補強したのは、寺の墓石の数だった。

三十三の墓石があるが、それは外川事件の犠牲者の数と同じだ。偶然とは思えない。

だが、看板にある都睦寺由来に、それを匂わせる記載はなかった。戦国期に建立されたと、はっきり記されている。

曾田村の三十三人殺しは昭和十六年に起きた事件だ。無関係ということなのか。

改めて佐川は墓石を数え直した。何度数えても、三十三という数は変わらない。

（あれは何だ？）

寺の境内に、いくつか照明が灯っていた。車の入出庫に備えて、広い駐車場には四台のライトが設置されている。

だが、墓地に明かりはなかった。夜、墓参りに来る者はいないから、不要なのは考えるまでもない。にもかかわらず、一番奥の墓がぼんやりと光っていた。

ロウソクの光かと思ったが、数分前まで墓地は真っ暗だった。そして、外には誰もいない。

ロウソクに火をつけた者などいるはずもないし、小雨が降り続いている。ロウソクの小さな炎は消えるだけだ。

（火の玉か？）

佐川は幽霊や心霊現象を信じていないが、知識はあった。火の玉の正体は燐《りん》と言われているが、これには諸説ある。確かめるため、佐川は墓地に足を踏み入れた。

三十三の墓石には一定の間隔があり、それ自体が通路になっていた。広いわけではないから、最奥部まで一分もかからなかった。

（馬鹿馬鹿しい）

苦笑が漏れた。墓の前に懐中電灯が落ちている。明かりの正体はそれだった。

誰かが置き忘れたのか、それとも落としたのか。いずれにしても懐中電灯のスイッチが何かの拍子で点いたのだろう。

懐中電灯を拾い上げ、目の前の墓を照らした。他の墓には立派な墓石があるが、そこには卒《そ》塔《と》婆《ば》しかなかった。墨痕鮮やかに永仏遠協序と記され、その下に諸井保と名前があった。

違和感が胸を過った。諸井は住職の息子だから、都睦寺の墓に葬るのは当然だろう。

だが、諸井が死んだのは一年前だ。火葬こそ東京の斎場で行ったが、遺骨は両親が持ち帰っている。なぜ墓石がないのか。

卒塔婆は故人の追善供養に用いるもので、墓ではない。供養が終われば処分される。

諸井の両親は、なぜ息子を諸井家の墓に葬らなかったのか。他の場所に墓を建てたのか。そうであったとしても、ここに卒塔婆を残しておくのはおかしい。

何かが蠢《うごめ》く気配がした。焦って懐中電灯を向けたが、誰もいない。左右を照らしていた足が止まった。

逃げようとしたが、動けなかった。二本の太い腕が地中から突き出し、足首を摑んでいる。

足を掬《すく》われ、その場に倒れ込んだ。泥にまみれた白装束を着込んだ何かが立ち上がった。顔に能面をつけている。

能面が卒塔婆を抜き取り、振り下ろした。足首に激痛が走り、佐川は悲鳴を上げた。手から落ちた懐中電灯の光が、切断された二つの足首を照らしている。断面が切り株のようだった。

恐怖で声が出ない。腕を使って上半身を起こしたが、足首がなくては立てるはずもない。

凄まじい勢いで、両足から血が飛び散っている。助けてくれと叫んだ佐川の胸を、能面が大ぶりなナイフで突き刺した。

体の力が抜け、目を閉じた。喉に当てられたナイフが横に滑り、溢れた血が体を真っ赤に染めた。

Wind5 白い影

1

島本は純子の背中に手を当て、優しくさすった。どうして、と顔を上げた純子の瞳からひと筋の涙がこぼれた。

「朱里さんが自殺するなんて……」

最初からそのつもりだったんだろう、と島本は首を振った。

「後追い自殺を図ったが、母親に止められたと遺書にあった。何カ月も前から、一周忌法要の日に自殺すると決めてたんじゃないか？　都睦寺なら邪魔は入らないと考えたんだ」

「だけど、そんなことをしたら……」

諸井家の人たちに迷惑がかかる、と島本はうなずいた。

「この寺ではなく、別の場所を選ぶべきだったのかもしれない。だが、彼女は正常な判断力を失っていたんだ。どうしてそこまで思い詰めたのかは、本人以外わからない。気持ちはわかるけど、純子がいくら泣いたって、どうにもならない」

純子が島本の手を強く握りしめた。大丈夫だと細い腰を抱き寄せると、淡いシャンプーの香りがした。島本はその髪に顔を埋めた。

晴海とはヒートウェーブに入部して数カ月経った頃お互いを意識するようになり、二年の終わり頃から交際を始めた。美人で頭のいい晴海との関係は楽しかったが、気が強く、独占欲の塊のような性格が悩みの種だった。

他の女子部員や、同じクラスの女子大生と少し話しただけで、延々と嫌みを言い続ける。知らないうちに、スマホにGPSをインストールされたこともあった。

別れた方がいいと思うようになったのは、三年に上がり、自分がキャプテン、晴海が副キャプテンになった時だ。

キャプテンにはキャプテンの立場がある。純子もそうだったが、ウインドサーフィンについて、まったくの初心者という部員もいる。その指導もキャプテンの役目だ。

海は決して安全と言えない。見ている分には優雅なスポーツだが、ウインドサーフィンには体力も必要だし、ハードな側面もある。

事故があってはならないし、早朝から家を出て、鎌倉の海まで行っても、天候によっては中止せざるを得ない場合もあった。その決定を下すのもキャプテンだ。

ヒートウェーブは同好会に過ぎない。競技に参加することはあっても、成績を期待されているわけではなかった。

無理せず、楽しく過ごせればそれでいいと島本は考えていたが、晴海の意見は違った。体力やテクニックに自信があるためか、多少波が荒くても、海に出ようと強く言うことも少なくなかった。

九割以上の確率で、何も起きないことは島本もわかっている。万一、部員が溺れたとしても、助けに行けばいい。

だが、無用な危険を冒す必要はないだろう。考え方の相違もあって、関係が悪くなっていった。

晴海は絶対に折れない性格だ。二人でいるとストレスを感じ、同じタイミングで純子の優しさに魅かれるようになった。

葛藤があったのは本当だ。晴海と付き合っているのは、部員全員が知っていた。キャプテンの島本が副キャプテンの晴海を捨て、新入部員の純子に乗り換えれば、何を言われるかわからない。

それでも純子を選んだのは、晴海と正反対の性格で、おとなしく、柔順だったからだ。島本の言葉に何でも従う。言い方はともかく、扱いやすい女だった。一緒にいても疲れないし、ストレスもない。

三年の終わり、晴海に別れ話を切り出すと、仕方ないよねとだけ言って、二人の関係は終わった。あっさりした別れだった。

純子との交際は一年以上続いている。社会人になると、学生時代より会う機会は減ったが、かえって連絡は密になり、結婚についても考えるようになっていた。

ただ、今回のような場合、純子は泣くだけで何もできない。晴海ならもっと冷静だったはずだ。それでも、しがみつくようにして泣いている純子がいじらしかった。

顎に手を掛け、上を向かせた。まばたきを繰り返している純子の唇に自分の唇を重ねると、瞳の奥に暗い情欲の炎が灯ったのがわかった。

それは島本も同じだ。黒い喪服を着ている純子には、いつもと違う色気があった。無防備なその姿に、欲望を感じていた。

駄目よ、と唇を離した純子が顔を背けた。

「……だって、今夜は諸井くんの一周忌だし、ここはお寺で……」

何も言うな、と島本は純子のスカートの中に手を入れた。じっとりと湿った感触。

「鍵はかけてある。廊下に誰かいたら、声を聞かれるかもしれないけどな」

駄目よ、と言いながら純子が脚を広げた。声は我慢しろよと小さく笑って、島本は指をゆっくり動かし始めた。

2

佐川くんは何をしてるんだろ、と音音が辺りを見回した。

「表に出てくるって言ってたけど……」

佐川さんの気持ちはわかります、と赤星が小声で言った。

「ここにいると息が詰まるっていうか……空気が澱《よど》んでいる感じがしませんか？」

美月は小さくうなずいた。本堂は密閉空間に近い。何となく息苦しいのは、ストーブを焚いているためかもしれなかった。

雨が降っているので、本堂正面の扉は閉じてある。夜九時を過ぎ、外は真っ暗で何も見えない。表に出ようとは美月も思わなかったが、扉を開けて換気した方がいいかもしれない。

そのうち戻ってくるでしょ、と晴海が言った。

「小野くんと話し込んでるんじゃないの？　ここにいたってやることもないし、大声で話すわけにもいかないでしょ」

小野は上級生にお世辞を言ったり、機嫌を取ることができる性格だ。それが処世術だと心得ているのだろう。

島本さんは、と言いかけた赤星が口を閉じた。別にいいよ、と晴海が苦笑した。

「純子と部屋に籠もって、何をしてるんだか……場所をわきまえなさいって話だけど、あの人は我慢できないところがあるから」

首を振った美月に、いい子ぶらないで、と音音が馬鹿にしたような笑い声を上げた。

「そういうところ、良くないよ。あの二人が何をしたっていいじゃない。美月も赤星くんと二人で部屋に戻ったら？」

止めてくださいと目を逸らした美月に、ジャストジョークと音音が言ったが、笑う者はいなかった。

顔を上げると、諸井の遺影があった。右側に松岡たち四人が座り、酒を飲みながら話していた。

大河原先生が心配です、と急須を持った道代が美月の隣りに座った。

「戻ってきてもおかしくない時間ですけど、山道は暗いから……雨も降ってますし、遅くなっているんでしょう」

こういう時、寺は不便なんですと道代が微笑んだ。

「電話ぐらい引いた方がいいと、父に何度も言ったんですけど、古い寺ですからいろいろ難しくて……」

先代のご住職は病院に着いたんでしょうか、と晴海が注がれたお茶を飲んだ。

「狭心症は他に持病があると、重篤化する傾向があります。わたしは医学生に過ぎませんが、顔色を見れば大体のことはわかるつもりです。呼吸器系の持病があるのでは？」

祖父からは聞いていません、と道代がため息をついた。

「頑固なところがあって、家族にそういう話はしないんです。弓道をやっていたので、体力には自信があったと思います。大河原先生のクリニックには定期的に通ってましたけど、どうだったのと尋ねても、何も答えてくれなくて……」

「以前、狭心症の発作で倒れたことがあったんですよね？」

倒れたというとおおげさですけど、と道代が言った。

「五年ほど前です。わたしも一緒にいたんですが、顔色が真っ青になっていたので、すぐ大河原先生に来ていただいて……狭心症のことは、その時初めて聞きました。でも、他のことは何も……」

心配ですねと言った美月の横を、トイレに行くぞと安東と肩を組んだ松岡が通り過ぎていった。男は恥を知らないと晴海が囁き、音音が小さく笑った。

3

（体が熱い）

島本の手が乱暴に体をまさぐっている。最初こそ抗《あらが》っていたが、恥ずかしいぐらい興奮していることに純子は気づいていた。

島本と体の関係を持つようになってから一年近く経つが、ここまで感じてしまうのは初めてだった。背徳感のためだろう。

自分でブラジャーを取り、島本のワイシャツのボタンを外していった。薄暗い部屋の中、自分の真っ白な肌に島本の体が重なる。口を押さえて漏れそうになる声を耐えたが、それが余計に興奮を募らせていた。

島本の前戯はいつも優しいが、今日は荒々しかった。乳房を鷲掴みにされると、痛みと同時に快感が全身を貫いた。

体を引っ繰り返され、犬のように四つん這いの体勢になった。そのまま島本がむしり取るようにショーツを脱がせ、濡れてるぞと耳元で囁いた。

恥ずかしいと言ったが、意志とは関係なく脚が開いていく。自分でも止められないほど、淫らになっていた。

太ももから尻の辺りに、島本が執拗に舌を這わせている。お願い、と純子は顔だけを後ろに向けた。

「お願い、嚙んで……あの、お尻を……」

歯が当たる感触。痛い、と小さく叫んだが、悦《よろこ》びの方が遥《はる》かに大きかった。

炎のように体が熱くなっている。それは島本も同じだった。

堪えきれず、喘ぎ声が漏れた。島本が純子の手を自分の股間に当てた。熱した鉄の棒を握っているようだ。頭の中が真っ白になっていく。

「声は出すな」

島本の命令に、純子は左手で口を塞いだ。無防備になった裸身を島本が見つめている。体全体が痙攣を繰り返し、崩れるように床に伏せた。

島本が純子の体を仰向けにし、淫靡《いんび》な笑みを浮かべた。早く、とだけ純子は言った。我慢できない。

体の奥から、粘る何かがとめどなく溢れている。早く、ともう一度小さく叫ぶと、そこに炎の塊がねじ込まれた。

「ああっ」

慌てて、口を両手で押さえた。島本の逞しい体が動き出している。ひと突きされるたびに、意識が遠のいていった。腰だけが意志を持ち、反応している。

島本の首に両腕を回し、強く抱きしめた。ぼんやりした視界の隅に、ドアに掛けられていた鬼女の能面が映った。

（見られている）

そう思うと、興奮が更につのった。見てほしいと足を開き、目をつぶった。

島本の腰の動きが早くなった。伸ばした両手で乳房を摑み、乱暴に唇を這わせている。痺れるような快感で、気を失いそうだ。

島本の動きが一段と早くなった。浮き上がる純子の腰を激しく突き上げている。永遠に続いてほしいと思ったその時、不意に動きが止まった。

（終わった？）

違うとわかっていた。股間に突き刺さった炎の塊はそのままだ。焦《じ》らしているのか。

「いいの、出して」お願い、と純子は腰を突き出した。「今日はいいの、あたしもおかしくなりたい。嫌なことは全部忘れたい。だから――」

急に島本の体が重くなった。もう少しなのに、と目を閉じたまま純子は唇を嚙んだ。

あと一分、それで自分の中の何かが壊れる。望んでいたのはそれだった。

「あたしが……してあげる。だから、お願い。もう一回……」

何かが顎の先に垂れてきた。島本の汗だ。手で拭うと、生臭い臭いがした。

一滴、二滴ではない。滴り落ちる汗で、島本がどれだけ興奮しているかわかった。

「ねえ、キスし――」

ごとり、と音がした。横に目をやると、島本と目が合った。

見開いた目が、純子を見つめている。首の下には何もなかった。

自分の体の上に、島本の体が乗っている。手、肘、肩。その上にあったのは、切り株にしか見えない何かだった。

衝動的に突き飛ばすと、島本の体が横に倒れた。首のない体。頭は純子のすぐ横にある。

悲鳴すら上げられないまま、自分の両手を見つめた。指が真っ赤に染まっている。島本の血だ。

気配を感じて顔を上げると、部屋の隅に白い影が立っていた。その手に大きなナイフがある。

ゆっくり動き始めたその顔は、能面の鬼女だった。

怯えがそのまま悲鳴になった。次の瞬間、ナイフが喉を切り裂いた。

4

何の音だ、と草薙が左右に目をやった。声です、と美月は本堂の奥に目を向けた。

聞こえなかったけどと言った晴海に、あたしもと音音が首を捻った。道代と三人で話していたので、気づかなかったようだが、美月は女性の悲鳴を聞いていた。

別棟と繋がっている本堂の奥の扉は防音仕様だ。それでも聞こえたのだから、かなりの大声だったのではないか。

奥の扉から駆け込んできた松岡と安東が、何かあったのか、と戸惑ったような表情で言った。

「トイレにいたら、いきなり叫び声が聞こえて、慌てて戻ってきたんだ。ここじゃないのか?」

本堂を見回した松岡に、違いますと道代が首を振った。純子よ、と言ったのは晴海だった。

「島本くんと純子が……わかるでしょ? あの二人はそういう関係なんです。松岡さんたちが聞いたのは、純子の……」

やれやれ、と草薙が胡座をかいたが、そんな声じゃなかったと松岡が床を蹴った。

「島本さんと沢木さんのことは、何となくわかってました。部屋で何をしたって、邪魔するつもりはありません。でも、まともじゃない声だった……何かあったんだ」

何かって、と音音が肩をすくめた。

「まさか、純子も朱里さんみたいに首を吊ったとか?」

いいかげんにしてと晴海が言うと、舌を出した音音が口を閉じた。彼女の部屋はどこです、と松岡が言った。

「様子を見にいった方がいい。お前もそう思うだろ?」

松岡さんの言う通りです、と安東がうなずいた。

「トイレにいたんで、音が反響してどこから聞こえているのかわかりませんでした。でも、すごく嫌な感じの声で……」

「何もありませんよ。純子はおとなしい顔してるけど本当は……」

止めてくださいと赤星が言うと、わかったわよ、と諦めたように晴海が立ち上がった。

「そんなに気になるんだったら、行って確かめればいい。でも、恥をかくのはあの二人だけどね」

二人は純子さんの部屋にいます、と美月も腰を上げた。

「さっきトイレに行った時、二人の声が聞こえました。泣いている純子さんを、島本さんが慰めていたんです。声をかけない方がいいと思ったんですけど……」

本堂の奥の扉を開いた松岡が、廊下を早足で進んだ。晴海が奥から二番目のドアを指すと、草薙がノックした。

「島本さん、そこにいますか？」

返事はなかった。草薙がもう一度強めにドアを叩いた。

「島本さん、沢木さん、返事だけで構いません。いるならいると……」

その時、荻原がドアの下を指さした。下の隙間から、赤い染みがじわじわと広がっている。

血、という文字が美月の頭をかすめ、同時に晴海と音音が一歩退いた。

まずいぞ、と草薙がドアを何度も叩いた。

「手を貸せ。安東、ドアを開けるんだ」

無理です、とドアノブに手を掛けた安東が首を振った。

「鍵がかかっていて開きません」

スペアキーはと顔を向けた松岡に、ないんですと道代が言った。

「必要ないと祖父が……宿泊するのは一日修行の参拝者ですから、何も起こるはずがありません。作った方がいいだろうと父と母は話してましたけど、急いでいなかったのでそのままに……」

血の染みが大きくなっていた。ドアを壊そう、と草薙が言った。

「ドアノブを蹴れば壊れる。後は押し破ればいい」

構いませんかと言った松岡に、道代がうなずいた。これだけドアを叩いても、返事がないのはおかしい。室内で何かが起きているのは確かだ。

何かの間違いであってほしい、と美月は胸の前で手を合わせたが、床に広がっている赤い染みは明らかに血だ。ドアを破るしかない。

赤星と草薙、松岡の三人が、順にドアノブを蹴りつけた。七回目で亀裂が走り、赤星が体当たりするとドアが外れ、そのまま内側に倒れ込んだ。

顔を上げた赤星が座り込んだ。晴海が糸の切れた操り人形にようにその場に崩れ落ち、音音が口を手で押さえた。

道代が目を見開いている。草薙と安東がその場に立ちすくみ、荻原が廊下に膝をついた。

松岡が口に手を当てたが、間に合わなかった。指の間から黄色い胃液が飛び散った。

それを見た音音が金切り声で叫び、美月も悲鳴を上げていた。

5

こっちへ、と道代が叫んだ。飛び出してきた赤星が、つまずいて転んだ。

「いったい何が……」

道代が顔を両手で覆ったまま呻いた。美月は赤星に肩を貸して立たせた。赤星の口が魚のように動いたが、掠れた声が漏れただけだった。

美月は部屋の中に目を向けた。無意識のうちに、脳が色を消している。すべてがモノクロームに見えた。

ありのままを脳内で再生すれば、頭がおかしくなっただろう。それほど異様な光景だった。

狭い部屋の床に、全裸の島本が両手、両足を伸ばしたまま倒れていた。一メートルほど離れたところに、首が転がっている。目は見開いたままだ。

部屋の奥の壁に、ショーツだけを足首に絡ませた純子がもたれていた。喉を裂かれ、首回りが赤く染まっている。

「誰がこんなことを……」

晴海が音音の肩で自分の体を支えた。訳がわからん、と草薙が吐き捨てた。

「これは殺人だ。犯人は島本さんの首を切断し、そのまま純子さんの喉を切り裂いている……まともな人間にできることじゃない」

警察を、と震える声で安東が言ったが、電話がありませんと道代が肩を落とした。

「誰か戻ってくるまでは、どうしようもないんです。こんな時間に真っ暗な山道を降りるのは危険ですし、徒歩だと四、五時間はかかるでしょう」

妙だ、と立ち上がった赤星がつぶやいた。

「二人が殺されたのは、警察でなくてもわかります」

誰が見たってそうだ、と草薙が吐き捨てた。凶器はあれでしょう、と赤星が床に落ちていた大型のナイフを指した。

「自殺でも心中でもありません。誰かが二人を殺したんです。だけど、この部屋のドアには鍵がかかっていました。つまり……」

壁に手をついていた松岡が、密室殺人と言った。

「そんな馬鹿な話があるか？　密室殺人なんて、ミステリー小説の中にしか存在しない。そうだろ？」

　誰が殺したんだ、と草薙が左右を見回した。いつの間にか、真ん中にいる道代を挟んで、草薙たち四人と美月たち四人が向かい合う形になっていた。

　この寺にいるのは九人だ、と草薙が重い声で言った。

「いや、待て……ヒートウェーブの部員があと二人いたな。佐川さんと――」

　小野くん、と晴海がうなずいた。

「二人とも、しばらく前に本堂の外に出ている。何か話しているのかもしれない」

　俺たちには島本さんと沢木さんを殺す動機がない、と草薙が額に指を強く押し当てた。

「今日初めて二人と会ったんだ。知らない人間を殺すわけがない。違うか？」

　あたしたちだって動機なんかないと言った晴海に、待ってくれ、と草薙が先を続けた。

「ここにいる九人に、島本さんと純子さんを殺す機会はなかった。俺たちはずっと本堂にいたんだぞ？　トイレに行ったり、席を外した者はいたが、そんなに長い時間じゃない。せいぜい五分ぐらいだ」

　この血を見ろ、と草薙が指さした。床が真っ赤になっていた。

「本堂にいた俺は女の声を聞いている。沢木さんの悲鳴だったんだろう。トイレにいた松岡と安東が戻り、様子を見るためにここへ来たのはそのすぐ後だ。血の色から考えると、殺されてから長い時間は経っていないはずだ。医学生の田辺さんなら、もっとはっきりしたことが言えるんじゃないか？」

血はすぐに酸化する、と晴海がうなずいた。

「血中の鉄分が酸素に反応して、変色が始まるの。三十分……長くても一時間後には茶褐色になる。でも、二人の血はまだきれいな赤で、常識的には死後十分以内と考えていい」

悲鳴を聞いたのは五分ぐらい前だ、と松岡が言った。待ってよ、と音音が一歩前に出た。

「会ったことがないから動機はない、草薙さんはそう言ったけど、それは本当なの？　島本さんと純子が殺された時、松岡さんと安東さんはトイレに行ってた。二人のことは誰も見ていない。前に島本さんと会っていたかもしれない。何か理由があって、恨んでいたとしたら？　二人を殺すと決めていたとか、どんなことだって有り得る。そうでしょ？」

松岡たちには無理だ、と草薙が首を振った。

「部屋の壁は血だらけだ。一人は首を切り落とされ、もう一人は喉を切り裂かれている。松岡と安東が殺したとすれば、返り血を浴びたはずだが、どこに血の跡がある？　シャワーを浴びたって、簡単に取れるもんじゃない。それだけ考えても、二人が犯人じゃないのは確かだ」

その通りね、と肩をすくめた晴海に、あなたたちも犯人じゃないと草薙が言った。

「本堂にいたのは確かだ。アリバイがある。道代さんも含め、ここにいる九人は島本さんたちを殺していない。だが、小野さんと佐川さんはどうだ？　どこにいるのかもわからないんだぞ？　怪しいと考えるのは当然だろう」

二人とも動機がない、と音音が肩をすくめた。

「あたしたちは同じサークルの部員で、それなりに親しくしていた。学年が違うから、喧嘩とかそんなこともない。島本さんは就職している。純子以外の誰とも、ほとんど連絡を取っていなかった」

「だから動機がないと？　もっと前に何かあったのかもしれないじゃないか」

どうして島本さんと純子をここで殺さなければならないの、と音音が言った。

「恨みがあるんだったら、東京で殺せばいいじゃない。土地勘もない岡山で殺す理由なんてある？」

もう止めましょう、と道代が手で制した。

「言い争っても、何も解決しません。そうでしょう？」

とにかく佐川さんと小野さんを探そう、と草薙が左右に目を向けた。

「あの二人が殺した可能性はあるんだ。もし殺人犯が別にいるなら、無事を確認する必要もある」

小野くんのことは気になってた、と晴海がうなずいた。

「この雨の中、ずっと一人で煙草を吸ってるなんて変よ。佐川くんと一緒にいるんだろうって思ってたけど……音音はどう思う？」

嫌な感じがする、と音音が視線を逸らした。

「佐川くんはちょっと変わってるから、特に何も思わなかったけど、島本さんと純子のことを考えると……でも、どこを捜せばいいの？」

佐川さんが本堂を出た時、と腕時計に目をやった草薙が、九時過ぎだと言った。

「雨は小降りになっていた。三十分……もっと前か？　ただ外に立っているはずがない。庇《ひさし》がついている門の辺りか、境内の大木の陰とか、それぐらいしか雨を避ける場所はないだろう」

草薙くんの言う通りです、と道代が言った。

「本堂と別棟はともかく、他に屋根はありません。でも、本堂の裏に回れば、別棟に入れます。佐川さんと小野さんは、どこかに隠れているのかも……」

二人とも別棟には入っていないと思います、と赤星が言った。

「外にいたなら、雨で体が濡れていたでしょう。でも、廊下に足跡や水滴はありません。拭ったとしても、跡が残ったはずです」

あの二人が島本さんたちを殺したんだと言った草薙に、あり得ないと音音が目を見開いた。

「佐川くんが嫉妬して二人を殺したってこと？　彼はあたしと付き合ってたのよ？　そんなことあるはずないでしょ。小野くんは気が小さいし、人殺しなんてできるような人じゃない」

まず小野さんを捜そう、と草薙が言った。

「煙草を吸いに出たんだから、いるとすれば門の近くだ。荻原、安東と二人で見てこい」

うなずいた荻原が本堂へ続く扉を押し開け、その後に安東が続いた。わたしたちも戻りましょう、と道代が言った。

「島本さんたちには申し訳ないと思いますけど、警察が来るまで何もできません」

先に立った道代が廊下を進んだ。何も考えられないまま、美月は赤星の腕を摑んだ。自分の手が激しく震えていることに、その時初めて気づいた。

6

殺された二人の姿が、頭から離れない。どんな悪夢より惨《むご》い光景だった。

誰が島本さんたちを殺したのと囁いた美月に、わからないと赤星が首を振った。ため息をついた道代が、本堂の床に腰を下ろした。

「信じられません。あんなことが……」

吐きそう、と音音が口に手を当てた。あんな死体は見たことがない、と晴海が震える声で言った。

「医学生だから、死体には慣れてるつもり。だけど、島本くんは完全に首を切り落とされていた。あんなことをするなんて、犯人は――」

止めてください、と美月は叫んだ。床に転がっていた島本の頭部。見開いた目。血に染まった床。

ショックが強すぎて、泣くことしかできなかった。座ろう、と赤星が体を支えた。

「あれは殺人です。一刻も早く警察を呼ばないと……携帯が通じないのも、車がないのもわかってますが、歩いて山を降りてはどうです？　その方が早いと――」

音音が外を指さした。夜目でもわかるほど、大粒の雨が降り注いでいる。

一本道だったけど、と晴海が言った。

「夜道は真っ暗よ？　傘や懐中電灯なんて、何の役にも立たない。それに、歩いたら四、五時間かかるって道代さんが言ってたでしょ？」

途中で携帯が繋がるはずです、赤星が自分のスマホを手にした。

「警察を呼ばないと、どうにもなりません」

赤星くんが行くんなら止めないけど、と晴海が顔をしかめた。

「でも、これだけは言える。あたしたちも、草薙さんたちも、あの二人を殺していない。犯人はどこかに隠れてる。あの殺し方はまともじゃない。犯人の心は壊れている。山を降りる赤星くんの後を追って、殺すかもしれない。それでもいいの？」

行かないで、と美月は赤星の腕を摑んだ。わかったとだけ言って、赤星が口を閉じた。

田辺さんが言いたいことはわかります、と道代が息を吐いた。

「でも、佐川さんと小野さんにアリバイがないのは本当です。犯人じゃないとは言い切れないと……」

どうしてあの二人を殺さなきゃならないの、と叫んだ晴海の顔を音音が見つめた。

「晴海さんには動機があるよね？　島本さんを純子に取られたわけじゃない？　二人のことを恨んで、小野くんに殺させたとか――」

道代が顔を向けた。知らないだろうけど、と晴海が口を尖らせた。

「島本には浮気癖があった。高校の時の元カノとか、他の女子大の学生とか、いろんな女に手を出していたの。純子とだって、どこまで本気だったかわからない。あたしだって、最初から長く続ける気なんてなかった」

嘘だ、と美月にはわかっていた。晴海と純子の間には、常に張り詰めた空気が漂っていた。目を合わせることもなく、話しているのを見たこともない。

恋人を奪われた晴海は、純子を憎んでいたはずだ。純子には罪の意識があり、いつも晴海を避けていた。

だが、どれだけ島本と純子を憎み、恨んでいたとしても、あそこまで惨い殺し方をするとは思えない。小野に殺させたというのも無理がある。晴海の命令に従う理由はない。

もういいでしょうと二人の間に入った赤星が、ぼくたちはここにいたんですと床を指した。

「悲鳴が聞こえた時、いなかったのは松岡さんと安東さんだけで、二人ともすぐに戻ってきています。あの二人が殺したとすれば、顔や服が血で汚れていたはずですが、そんなことはなかった。つまり、ぼくたちの誰にも島本さんと純子さんを殺すことはできなかったんです」

刑事ドラマみたいなこと言って、と音音が嗤《わら》った。

「じゃあ、誰があの二人を殺したっていうの？　あの場にいなかった小野くん？　それとも佐川くん？」

それも違います、と赤星が言った。

「この寺にいるのは……ぼくたち十一人だけでしょうか？」

どういう意味よ、と音音が言った時、安東と荻原が駆け込んできた。全身から雨の滴が垂れている。跳ね橋が上がってる、と荻原が叫んだ。

「昇降機も壊されてます。道代さん、懐中電灯はありますか？　暗くてよく見えなくて……」

何個かあるはずですと立ち上がった道代が、本堂の隅に置かれていた棚の引き出しを開けた。

二人の男が犬のように体を振ると、大量の水滴が辺りに飛び散った。

跳ね橋って何ですと尋ねた美月に、気づきませんでしたか、と安東が言った。

「戦国時代、ここに山城があったのは聞いてますよね？　敵を城内に入れないために、橋を上げることができたんです。今は機械式に変わりましたけど、上げ下げできたのは同じで――」

行ってみよう、と松岡が赤星の肩を叩いた。道代が布袋を開き、懐中電灯を取り出した。

7

四個の懐中電灯を草薙、松岡、晴海、道代が持ち、前を照らしている。全員がビニール製の合羽を着込んでいた。

門を出たところで、道代が足を止めた。荻原が言っていたように、橋が上がっていた。

「どうして……誰がこんなことを？」

下げることはできないんですかと言った赤星に、無理だ、と昇降機を調べていた松岡が叫んだ。

「歯車が外されている。ハンドルもだ。これじゃどうにもならない」

大河原先生たちは戻ってきたのかもしれませんね、と安東が言った。

「でも、これだと車が通れません。叫んだか、クラクションを鳴らして、ぼくたちに知らせようとしたけど、声も音も届かなかった。助けを呼ぶために山を下りたのか……」

何とも言えない、と草薙が首を捻った。

「雨音でクラクションが聞こえなかったのかもしれない。ただ、これだけ雨が降っていると、先生もスピードは出せないだろう。まだ戻ってないんじゃないか？」

歩いて山を降りることはできなくなった、と赤星が美月の耳元で囁いた。

「この闇の中、濠を泳いで渡るわけにはいかない」

「じゃあ……どうするの？」

本堂に戻って助けを待つ、と赤星が言った。

「大河原先生でも啓輔さんでも、他の誰でもいいが、ここへ来れば異変に気づく。跳ね橋が上がっているのは、どう考えたっておかしい。その時は警察か消防を呼ぶはずだ。島本さんと純子さんがあんなことになって、怖いのはわかる。だけど、他にどうしようもない」

ここにいる九人が犯人じゃないのはわかってる、と美月はうなずいた。

「でも、佐川さんと小野さんは？　あたしたちがヒートウェーブに入部してすぐ、諸井くんの事件があった。先輩たちの間で何かあったとしても、あたしたち一年生にはわからない。あの二人には、島本さんと純子さんを殺す動機があったのかも……」

そうは思えない、と赤星が首を振った。

「上級生たちの間で、感情のもつれ、口論、喧嘩、敵意、悪意、憎悪、そんなことがあってもおかしくはない。でも、そうだとしたら気づいたんじゃないか？」

晴海さんと純子さんが不仲なのは、最初の部会の時からわかっていたと赤星が更に声を低くした。

「雰囲気で、何となくね……だけど、佐川さんや小野さんにそんな感じはなかった」

「それなら、誰があの二人を殺したの？」

誰かがいるんだ、と赤星が振り返った。本堂の出入り口から、明かりが漏れていた。

「どこかに隠れている。だが、何のためにこんなことをしたのか……」

あれは何だ、と草薙が懐中電灯の光を濠に向けた。

「松岡、見えるか？　照らしてくれ、あれは……人間の腕じゃないか？」

松岡と道代が光を重ねると、黒っぽい腕のような物が見えた。木の枝でしょう、と松岡が身を乗り出した。

「腕に見えますが、そんなことあるはず――」

濠に降り注ぐ雨が波を作っている。揺れていた何かが、ゆっくりと回転した。悲鳴をあげたのは音音だった。

最初に見えたのは、藻の塊だ。それが人間の髪の毛だと気づくまで、数秒かかった。

小さな波がそれを崩し、現れたのは人間の顔だった。数え切れないほどの刺し傷があるため、人相を見分けることはできない。

小野さんだ、と赤星がつぶやいた。美月は浮き上がった体を見つめた。体つきで小野だとわかった。

棒はないか、と草薙が叫んだ。

「三メートルほど先だ。手は届かない。あれを引き寄せないと――」

人形かもしれません、と荻原が額を手で覆った。

「どうしてあんな傷が？　目も鼻もないんですよ？」

美月は頭を振った。あれは小野の死体だ。

ゆっくりと回転を続けていたそれが、打ち付ける雨に押されるように沈み始めた。

「何かないか？　木の枝でもいい。届きさえすれば……」

草薙が怒鳴ったが、誰も動こうとしなかった。二分も経たないうちに、それが濠に沈んでいった。

Wind6 ナイフ

1

降りしきる雨の中、寺へ戻りましょうと道代が言った。

「あれが小野さんだとしても、今はどうすることもできません。跳ね橋が上がっていますから、濠を越えることも……」

佐川くんはどこに、と音音が左右に目をやった。

「まさか彼も……そんなことあるはずない。絶対ない！」

泣き出した音音の手を取った晴海が、しっかりしなさいと叫んだ。待ってください、と荻原が濠に目を向けた。

「さっきのあれが小野さんだとすれば……刺し殺されたとしか思えません。違いますか？」

小野の顔が美月の頭に浮かんだ。十回、二十回、それ以上刺されたのだろう。目鼻がないその顔は、肉の塊にしか見えなかった。

濠に落ちて溺死したんじゃない、と荻原が首を振った。

「小野さんの顔には、無数の刺し傷がありました。間違いなく殺されたんです。犯人は島本さんたちを殺したのと同じ人物では？」

佐川さんを探しましょう、と美月は言った。

「本当に小野さんが殺されたのなら、佐川さんが何か知っているかも……」

どうかな、と草薙が首を捻った。

「こんなことは言いたくないが、佐川さんが小野さんを殺した可能性だってある、そう考えてもおかしくない状況だ」

お互いの視線が絡み合った。誰も小野を殺すことはできなかった。全員が本堂にいたし、席を外したのも短い時間だ。アリバイがある。

だが、草薙が指摘したように、佐川には小野を殺害する時間があった。今、どこにいるのかもわからない。疑われても仕方ないだろう。

そんなことあるはずない、と音音が叫んだ。

「佐川くんが小野くんを殺す理由なんてない。そうでしょ？」

当たり前のことを言わないで、と晴海が苦笑した。

「佐川くんはそんな人じゃない。喧嘩どころか、声を荒げるのも見たことないし……」

言い切れますか、と安東が詰め寄った。

「皆さんのサークル……ヒートウェーブは活動を停止していたわけですよね？　この一年、ほとんど会う機会もなかったそうですが、その間に二人の関係が悪くなったとか……ないとは言えないでしょう？」

美月、赤星、晴海、そして音音はお互いに顔を見合わせた。美月と赤星、音音と佐川は付き合っているから、常に連絡を取り合っていた。

だが、他の部員と話すことはほとんどなかった。佐川と小野の間に何かがあったとしても、それはわからなかっただろう。

とにかく寺へ、と道代が背後を指さした。

「本堂に戻って話した方がいいのでは？」

そうしましょう、と草薙がうなずいた。目の奥に暗い影があった。

2

本堂に戻り、それぞれが濡れた体をタオルで拭いた。気づくと、二つの輪ができていた。

ひとつはヒートウェーブの部員たち、もうひとつは草薙たち四人で、道代もその中にいる。

互いに不信感があった。

島本と純子、そして小野を殺したのは佐川だと草薙たちは考えている。美月たちは他に犯人がいると考えている。

疑心暗鬼が本堂を覆っていたが、全員にアリバイがある。それが二つの輪を辛うじて繋いでいた。

大河原先生たちが戻ってきても、と道代がため息をついた。

「跳ね橋が上がっていますから、寺へ入ることはできません。山を降りて助けを呼ぶでしょうけど、警察が動いてくれるかどうか……」

もう十時過ぎだ、と草薙が時計に目をやった。

「跳ね橋が壊れたぐらいで騒がないでくれ、と追い返されてもおかしくない。田舎の駐在所だからな。殺人事件が起きているなんて、夢にも思わないだろう」

誰も助けに来ないってことですかと言った赤星に、朝になれば、と道代が外に視線を向けた。

「一周忌法要に集まっていた方々が、また寺へ来ます。濠越しに何があったのか伝えれば、警察を呼んでくれるでしょう。でも、それまではどうにもなりません」

何時に来るんですかと尋ねた晴海に、七時頃ですと道代が答えた。集まる時間は決めてあったようだ。

「あと九時間の辛抱です。今は待つしかありません」

腹を割って話そう、と草薙が口を開いた。

「俺は佐川さんが犯人だと思ってる。疑われても当然なのはわかっているはずだ。奴はどこにいる？」

奴って何よと叫んだ音音に、落ち着いてくれと草薙が言った。

「佐川さんが外に出てから、少なくとも一時間半は経っているが、どこにいたとしても悲鳴や叫び声は聞こえたはずだ。何か起きたとわかっただろう。それなのに、どうして姿を現さない？」

佐川の行動に不審な点があるのは認めるしかない、と美月は目を伏せた。反論したくても、その材料がなかった。

止めて、と音音が立ち上がった。

「佐川くんは少し変わってるかもしれないけど、人殺しなんかしない。島本さんや純子、小野くんのことを憎んだり、恨む理由もない。本気で彼があんな酷いことをしたと思ってるの？」

座りなさい、と晴海が音音の腕を掴んだ。

「落ち着いて……草薙さんが言うように、島本くんや純子が殺された時、佐川くんがどこにいたかは誰もわかっていない。小野くんを除けば、外へ出たのも彼しかいない。もちろん、あたしは佐川くんが人殺しだなんて思ってない。でも、草薙さんたちが疑う気持ちもわかる。音音、本当のことを言って。佐川くんと島本くんたちの間に何かあったの？」

何もないわよ、と音音が金切り声を上げた。そうだとしたら、と赤星が腕を組んだ。

「考えたくありませんが……佐川さんの身に何かあったのかもしれません」

草薙たちが目を見交わし、小さくうなずいた。音音の顔が真っ白になっている。

佐川くんが犯人でないとすれば、と晴海が視線を逸らした。

「彼が姿を現さない理由はひとつしかない。佐川くんも……」

捜しに行く、と叫んだ音音の肩を晴海が押さえた。

「簡単に言わないで。外は照明もほとんどないし、雨も降ってる。本堂、そして別棟にも二階がある。隠れる場所は多いし、犯人が無差別に人殺しを続けているなら、あたしたちが狙われることだってある」

それでも佐川さんを捜さなければならないでしょう、と美月の隣に座った道代が言った。

「犯人でないのなら、佐川さんが危険です。嫌な想像ですけど、もう遅いのかもしれません」

止めて、と音音が両手で耳を塞いだ。道代さんの言う通りだと草薙がうなずいたが、ぼくたちは馬鹿なホラー映画の登場人物じゃありません、と松岡が苦笑した。

「一人で動き回って、怪しい扉を開いたり、不審な物音がする方に近づいたり、そんな危険を冒す意味はないでしょう？　佐川さんを捜すべきだと思いますが、動くなら全員で……」

九人全員というのは効率が悪すぎる、と草薙が首を振った。

「二人ずつ組むのはどうだ？　道代さんにはどれかに加わってもらう。そうすれば四つのチームになる。本堂、別棟を二チーム、そして外を二チームが捜す。佐川さんが見つかれば、詳しい事情がわかるだろう。犯人は残酷な猟奇殺人鬼だが、見つけたら本堂に逃げて、助けを呼べばいい。人数はこっちの方が多い。捕らえることもできるはずだ」

犯人が寺のどこかに隠れているとすれば、いつ襲われるかわからない。単独で動くのは危険過ぎる。二人で捜索するべきだという草薙の提案は、理にかなっていた。

ただ、島本たちを殺した犯人は明らかに異常だ。凶器を持っているのも間違いない。不意をついて襲われた時、本堂に逃げ込めるだろうかと美月は赤星の横顔に目をやった。危険なのは確かだ、と赤星が言った。

「でも、ここにいても安全とは限らない。佐川さんのことも心配だ」

相談が始まり、晴海と音音、草薙と松岡、道代が寺の中、美月と赤星、そして荻原と安東が外を調べることになった。四人いる女性のうち三人が中を捜すと決めたのは、比較的安全だと考えたためだ。

夜十時半です、と草薙が腕時計に目をやった。

「一時間半後、深夜零時にここへ戻ることにしましょう。何かあれば叫んで誰かを呼ぶこと。佐川さんを見つけた時もです。もし彼が三人を殺したのであれば、正気を失っているのは間違いありません。発見したら、すぐ他の者に伝えて全員で捕まえる方が安全だと思います」

佐川くんは殺人鬼なんかじゃない、と音音が不満そうに言ったが、あくまでも可能性の話ですと草薙が肩をすくめた。

「ぼくも彼と少し話しましたが、普通の大学生にしか見えませんでした。犯人だと決めつけているわけじゃないんです。それでも、気をつけなければならないのは確かでしょう」

赤星さん、と荻原が顔を上げた。

「ぼくたち四人で外を捜すわけですが、分担を決めませんか？　門と駐車場周辺、そして別棟の裏や他の場所に分ければいいと思うんですが」

安東がうなずいた。四人の中で彼女だけが女性です、と赤星が美月を指さした。

「犯人に襲われた時のことを考えると、逃げるためには本堂に近い方がいいと……荻原さんと安東さんで、別棟の裏を調べてもらえませんか？」

了解ですと言った荻原が、先に行きますと安東を連れて雨具姿のまま本堂奥の扉を開けた。赤星の答えは予想済みだったのだろう。

ぼくたちは表だ、と赤星がビニール製の合羽に袖を通した。

「気をつけろ。ぼくから離れるな。何かがおかしい」

何かってと囁いた美月に、すべてだと赤星が低い声で言った。

「音音さんがいたから言えなかったけど、おそらく佐川さんは殺されている。そうでなければ、本堂に戻ってこないはずがない」

「でも……」

犯人は他にいる、と赤星が振り返った。

「だけど、この寺にはぼくたち四人と草薙さんたち四人、そして道代さんの九人しかいない。全員にアリバイがあるから、九人の中に殺人犯はいないことになる」

「犯人がいないのがおかしいってこと？　他には？」

跳ね橋が上がっていたのも変だ、と赤星が懐中電灯を手にした。

「昇降機が壊されていたのは、ぼくも見ている。部品が外されていたけど、あれはスパナ一本でできることじゃない。時間もかかったはずだ。美月を不安にさせたくはないけど、この寺にはぼくたち九人以外に誰かがいる」

「誰かって……」

わかれば苦労しない、と赤星が苦笑した。そんなことあり得ない、と美月は辺りを見回した。

「だって……一周忌法要に集まっていた人たちは、みんな帰ったでしょ？　倒れた諸井くんのおじいさん、ご両親、それに啓輔さんも車で出て行ったし……」

見たよ、と赤星がうなずいた。残っているのはあたしたちだけ、と美月は言った。

「誰かが残っていれば、道代さんが気づかないはずない。ずっと隠れていたなんて、それこそ無理よ。跳ね橋が上がってからは、誰もこの寺に入れなくなったわけだし……昇降機を壊した人が犯人なの？　だとしたら、何のためにそんなことを？」

最後の問いにだけは答えられる、と赤星が美月の手を握った。

「殺されたのは島本さん、純子さん、小野さん……そして佐川さんだ。犯人が狙っているのはヒートウェイブの部員で、その理由はひとつしかない。復讐だよ」

「……復讐?」

犯人は諸井の死の責任をぼくたちが負うべきだと考えている、と赤星が言った。そんな、と美月は顔を背けた。

「諸井くんは急性アルコール中毒で死んだのよ? 気づかなかった責任はあるかもしれないし、謝りたいってずっと思っていた。だから、一周忌法要のために岡山まで来たの。でも、責任って言われても――」

あの時何があったか犯人は知らない、と赤星が声を潜めた。

「ぼくたちが諸井の様子に気づかなかったから死んだと考えてるんだろう。ぼくや君が何を言っても無駄だ。恨みを晴らすために、殺人を続けている」

「誰がそんなことを? 諸井くんのご両親? 二人ともおじいさんと一緒に山を下りたのよ? 父親が狭心症の発作で倒れて、心配しないはずがない。病院で付き添ってなきゃならないのに、ここへ戻るなんて考えられない」

だからおかしい、と赤星が唇を噛み締めた。

「諸井の死をぼくたちの責任だと考えるのは、わからなくもない。だけど、根拠もないのに殺人までするだろうか……いや、後で話そう。佐川さんを探す方が先だ。もし生きていれば、何かわかるかもしれない」

美月は赤星の合羽の袖を摑んだ。離れるな、と叫んだ赤星が寺の外に出た。

3

赤星くんと美月に悪いことしちゃった、と音音は舌を出した。

「後輩だから仕方ないけど、真っ暗な外で佐川くんを探すのは、二人とも怖いんじゃないかって……」

もっと真剣になって、と道代の後にいた晴海が足を止めた。

「彼はあなたの恋人なのよ？　怖いとか、そんなこと言ってる場合じゃないでしょ」

わかってるけど、と音音は口を尖らせたまま、別棟の二階に続く奥の階段を上がった。

都睦寺には本堂と別棟の二つの建物がある。どちらも二階建てだが、一周忌法要の後も本堂には誰かがいた。二階へ続く階段は本尊のすぐ横だ。

本堂の二階には住職や僧の部屋、他に祈禱所《きとうじょ》や祭壇、冠婚葬祭用の控室、食事のための広間があると道代が話していたが、犯人は階段を使えなかった。捜す必要はないというのが草薙の判断で、その通りだと音音も思っている。捜索する場所は別棟しかない。

一階は一日修行の参拝客が宿泊する部屋で、ヒートウェイブの部員たちもそこへ泊まることになっていた。八つある部屋すべてを調べなければならないが、島本と純子の死体があるため、草薙と松岡が一階を調べ、二階が音音たちの担当になった。

「そうするしかないじゃない？　あたし、あの部屋には二度と入らない。島本さんと純子の血まみれの死体なんか、見たくないもん」

恐怖心のため、話していないと不安でたまらなかった。落ち着いて、と晴海が肩を軽く叩いた。

「佐川くんは寺の外にいる。どことは言えないけど、戻っていたら声をかけるはずだし、わざわざ別棟の裏に回って二階に上がるなんて考えられない」

わたしもそう思います、と道代が顔だけを向けた。廊下の明かりは暗く、三人の影が長く伸びている。

「それに……佐川さんが外にいたのなら、この階段にも足跡や雨の滴が残っているはずです」

彼は犯人じゃない、と音音は首を振った。道代が懐中電灯で壁を照らすと、古びた木の板が変色し、黒くなっているのがわかった。

「昭和三十年頃に火事があって、本堂はすべて焼け落ちています。檀家が中心になって建て直したそうですが、別棟はその時に作ったと聞きました。一階は増築の際に手を入れましたけど、二階は昔のままです。水は井戸水、ガスはプロパン、暖房は石油ストーブ……古い寺ですし、別棟の二階は主に家族が使ってますから、不便でも仕方ないと諦めてますけど」

暗いですね、と晴海が辺りを見回した。二階の電灯はどれも旧式で、光も弱かった。

「本堂はロウソクがありますから、明るく見えるんです」

足元に気をつけてください、と道代が言った。最後の一段を上がると、そこが二階の廊下だった。

右の部屋は大広間です、と道代が懐中電灯を向けた。五十人ほどなら楽に座れる広さがあった。

「でも、今は使っていません。冠婚葬祭の集まりの時は、本堂を使うんです。ここには座卓や座布団、ビールとか酒類を置いています」

光に照らされたのは、積み重ねられた座布団だった。人間が隠れることのできるスペースはない。誰もいないのはひと目でわかった。

こんなところに佐川くんがいるはずないと言った音音の前で、道代が隣の部屋の襖《ふすま》をゆっくり開いた。

4

別棟の一階にある宿泊用の部屋を、草薙は松岡と共にひとつずつ調べていた。怖いですね、と松岡が囁いた。

「気味が悪いっていうか……佐川さんがどこかに隠れていて、ぼくたちを襲ってきたらどうします？」

考えたくない、と草薙はヒートウェイブの部員たちから預かっていた鍵で手前の部屋のドアを開いた。

「ここは赤星くんの部屋だな？　気をつけろよ」

誰もいません、と松岡が肩をすくめた。

「狭いですから、捜すも何もありませんよ。風呂場だけ確認すればいいんじゃないですか？」

草薙は開いていた浴室のドアから中を見た。誰もいない。

順番に各部屋を見て回ったが、佐川は見つからなかった。小野さんの部屋です、と松岡がドアノブに手をかけた。

「開いてます。不用心だな、鍵をかけなかったのか？」

盗られる物もないだろう、と草薙は部屋に足を踏み入れた。人の気配はない。松岡と入れ替わる形で廊下に出て、左隣にある佐川の部屋の前に立った。

「何かあったか？」

いいえ、と答えた松岡に、来てくれと草薙は言った。佐川がいるとすれば、自分の部屋の可能性が高い。

人を殺すようには見えなかったとつぶやいて、ドアを何度か蹴っていると、音で壊れたのがわかった。無理やり押し開けると、ボストンバッグがあるだけで、他には何もない。浴室にも佐川の姿はなかった。

これを見てください、とドアの下を松岡が指さした。

「能面です。真っ二つに割れてますが……」

海部さんや倉科さんの部屋のドアにも能面が掛かっていたな、と草薙は言った。

「インテリアってことか？　どうして割れているんだ……ドアを壊した時に、落ちたのか？」

待ってください、と松岡が顔をしかめた。

「小野さんの部屋の能面も、床に転がっていました。確か……沢木さんの部屋もそうだった気がします」

俺たちがドアを蹴破ったからだ、と草薙は二つに割れた能面を拾い上げた。木製で、造りはしっかりしている。落ちただけで割れるとは思えない。

「沢木さんの部屋に行くぞ」

本気ですか、と松岡が不安げな声をあげた。島本と純子の死体がそのままになっている。草薙も入りたくはなかったが、確認しなければならないだろう。

純子の部屋を覗き込むと、二つの死体が見えた。吐きそうですと言った松岡に、犯人はこの部屋にいないと草薙は室内に足を踏み入れた。

「松岡、能面が落ちてる。割れているが、ドアの下敷きになったためかもしれない……おい、もうひとつあるぞ」

島本の体の下から、鬼神面が顔を半分覗かせていた。引っ張って取り出すと、二つに割れているのがわかった。

偶然じゃなさそうだ、と草薙はつぶやいた。

「田辺さんの部屋を調べよう。それから二階へ上がる」

しかめ面のまま松岡がうなずいた。大股で廊下を進み、晴海の部屋のドアを開いた。

誰もいないのはすぐにわかったが、ドアの下に二つに割れた能面が転がっていた。どうなってるとつぶやいた時、上から悲鳴が降ってきた。

5

大広間以外、二階はいくつかの小部屋に分かれていた。住職が使うこともありますし、お客様や諸井家の者が泊まることもありますと道代が言った。

「一日修業行の方や参拝客が重なると、二階を使っていただきます。大きな法要の時は、わたしたちも手伝いますから、宿泊用の部屋が必要なんです」

ひとつずつ部屋を見て回ったが、佐川の姿はなかった。一番奥が保の部屋です、と道代が指さした。

「父の後に住職を継ぐことになっていたので、保だけは自分の部屋があるんです」

怖い、と音音は晴海の二の腕を摑んだ。

「だって、ここには……自殺した朱里さんがいるんでしょ？」

確認のためよ、と晴海が小さく笑った。

「朱里さんは死んでいる。こんな言い方はどうかと思うけど、この寺で一番安全な存在よ。気味が悪いのはあたしも同じ。でも、確かめるだけは確かめないと」

勘弁してよ、と音音は首を振った。

「佐川くんはここにいないって。もういいでしょ？　一階に降りようよ」

道代が部屋の襖に手を掛けている。晴海の後ろに隠れるようにして近づいた音音の頭上で、いきなり廊下の明かりが消えた。

壁のスイッチを繰り返し押した道代が、電球が切れただけです、と懐中電灯を上に向けた。びっくりした、と音音は深く息を吐いた。

襖を開けた道代が懐中電灯で室内を照らした。十畳ほどの部屋の隅にベッドがあり、朱里の遺体が横たわっている。顔には白い布が掛けられていた。

佐川さんはいません、と道代が部屋に入った。晴海がその後に続き、音音は二人の後ろに立った。

「朱里さん、本当にごめんなさいね。あなたの想いを知っていれば……」

深く頭を下げて手を合わせた道代が、声をかけてあげてくださいと朱里の顔から白い布を外した。

何も言えないまま、音音は朱里の顔に目をやった。死後数時間しか経っていないためか、眠っているようだ。

「あの、晴海さん……」

どうしたの、と晴海が顔を上げた。朱里さんの目が、と音音は言った。腕に鳥肌が立っていた。

「瞬きっていうか……一瞬だけど目が開いたように見えて……」

たまにそういうことがあるの、と晴海が言った。

「死後硬直で死体の手が動いたり――」

不意に晴海が口を閉じた。薄暗い懐中電灯の光の中、音音はその場に座り込んだ。朱里の喉を貫いたナイフが晴海の首に刺さっていた。

呻き声が晴海の喉から漏れた。次の瞬間、ベッドの下から能面をつけた白装束が這い出し、大きなナイフを横にふるった。顔を押さえた晴海の指の間から、大量の血が溢れた。

道代の腕にすがり、立ち上がった音音の前で、能面が何度もナイフを晴海の体に突き立てている。そのたびに血が飛び散り、全身が真っ赤に染まった。

顔面、腕、胸、腹。ナイフが突き刺さる湿った鈍い音が聞こえる。

能面は手を止めなかった。おびただしい量の血が畳に広がっていく。

「誰か！　助けて！」

叫んだのは道代だった。音音も悲鳴を上げていた。

音音の手を摑んだ道代が、部屋の外に飛び出した。叩きつけるように襖を閉めると、凄まじい音がして、突き出たナイフの刃が半分ほど見えた。

道代が両足で襖の下を押さえている。ナイフの刃先が激しく動いていたが、抜けなくなっているようだ。

階段を駆け上がってきた草薙と松岡が、音音と道代、そして扉から突き出ているナイフを見て、驚きの表情を浮かべた。

何があった、と草薙が叫んだ。

「田辺さんが……ナイフで刺されて……」

襖を指さした道代が切れ切れに言った。松岡が音音の体を引きずり、廊下の隅に座らせた。

「無事なのか？」

叫んだ草薙に、わかりませんと音音は震える声で言った。

「島本さんたちを殺した犯人が、ベッドの下に隠れていたんです。何もかもが突然で、何が起きたのか……」

松岡、と草薙が怒鳴った。

「あそこに掃除用のモップが二本ある。持ってこい、中に入るぞ」

危ないですと制止した道代を押しのけるようにして、モップを手にした草薙が襖を蹴破り、松岡がその後に続いた。

座り込んだまま、音音は目を見開いた。凄惨としか言いようのない光景がそこにあった。

横たわっている朱里と、重なるようにして倒れている晴海。その体から血が滴り落ちていた。

赤いペンキをぶちまけたように、部屋全体が赤くなっている。

誰もいない、と草薙が辺りを見回した。窓が開いてるのが音音にもわかった。

松岡が懐中電灯で部屋の隅々まで照らした。血の海が広がっている。窓のガラスに赤い手の跡があった。

窓から身を乗り出して外を見ていた草薙が、雨が酷いと吐き捨てた。

「スレートの屋根がついている。飛び降りたんだろう。他には何にも見えない。どこへ逃げたんだ……松岡、外の四人を呼んでこい。俺もすぐ行く」

うなずいた松岡が階段を駆け降りていった。貧血を起こしたのか、道代がその場に崩れ落ちた。何もできないまま、音音はただ泣き続けていた。

Wind7 首

1

美月は赤星と別棟の二階に駆け上がり、保の部屋の中に目をやった。全身を朱に染めた晴海が倒れている。

顔を背けるしかないほど凄惨な姿だ。草薙が道代を抱えるようにして、部屋から離れていった。

目を伏せたままその後に続いたが、血に染まった晴海の顔が目に焼き付いて離れなかった。親が見ても娘だと判別できないのではないか。

まともじゃない、と道代の体を支えたまま、草薙が二階の大広間の前でつぶやいた。

「どんな残忍な人間でも、相手の顔を刺すことはめったにないと聞いたことがある。犯人は田辺さんに強い恨みを抱いていたんだろう。大学で何かあったのか？」

わかりません、と赤星が首を振った。

「ヒートウェーブに入部した時、田辺さんは四年生でした。学部も違いますし、二人だけで話したことはありません。プライベートについては何も……」

大学で偶然会えば、と美月は言った。

「世間話ぐらいはしましたけど、親しいわけでは……入部してすぐ、あの事件が起きたために、連絡を取ることもありませんでした。恨みを持つ人なんて、見当もつきません」

うなずいた音音と一階に降り、廊下から本堂に入ると、松岡、荻原、そして安東が立っていた。顔に怯えの表情が浮かんでいる。何があったんです、と荻原が言った。

「松岡から話は聞きましたが、信じられません。犯人が保のベッドの下に隠れていて、朱里の体ごと田辺さんを刺したなんて……」

犯人は二階の窓から逃げたんですか、と安東が濡れた髪をタオルで拭った。

「この寺には何度も来てますし、保さんの部屋に入ったこともあります。二階は一階よりひと回り小さいので、一階の屋根に飛び移るのは簡単です。そこから飛び降りて逃げたんでしょう。でも……」

「でも？」

保さんの部屋は奥です、と安東が言った。

「真下には荻原さんがいました。別棟の裏手で佐川さんを捜していたんです。犯人が飛び降りれば、音でわかったと思うんですが……」

全員の視線が荻原に向いた。真下じゃありませんが、と荻原が顔をしかめた。

「近くにいたのは確かです。ただ、雨が降ってましたし、犯人を見てはいません。暗くて、それどころじゃなかったんです。足音も聞こえませんでした」

田辺さんは、と荻原がぽつりと尋ねた。殺された時のままだ、と草薙が答えた。

「悲鳴が聞こえて二階に駆けつけたが、田辺さんが死んでいるのは、ひと目でわかった。確かめたければ、自分で見てこい。毛布をかければよかったんだろうが、俺たちだって怖かったんだ」

待ってください、と草薙から体を離した道代が胸に手を当てた。動悸を抑えようとしているのが美月にもわかった。

「わたしと海部さんは田辺さんが殺された時、あの部屋にいました。あんなに恐ろしかったことはありません」

わかりますとうなずいた赤星に、わかるわけないでしょうと道代が眉間に皺を寄せた。

「悲鳴を聞き付けた草薙さんと松岡さんが、すぐ二階へ上がってきました。でも、赤星さんと倉科さん、そして荻原さんと安東さんは外にいたんですよね？　つまり……わたしが言いたいのは、あなたたちの中に犯人がいるのかもしれないと……」

止めてくださいと言った荻原に、疑っているわけじゃありません、と道代が顔を向けた。

「でも……レインコートを脱いでくれますか？　田辺さんを刺した犯人は返り血を浴びていました。彼女の血が付いていれば――」

そんな、と叫んだ美月に、あんたたち以外の誰が晴海さんを殺したっていうのよ、と音音が喚《わめ》いた。

「殺していないって言うんなら、レインコートを脱いで！　服に血がついていなくたって、臭いでわかる。そうでしょ？」

ぼくたちは犯人じゃない、と安東が言った。

「外で佐川さんを捜していたんです。いつ二階に忍び込んで、ベッドの下に隠れたと？　飛び降りるのは難しくありませんが、この雨の中、二階へ上がることはできません。それに、殺すのが目的なら、どうしてそんな面倒なことをしなきゃならないんです？」

頭がおかしいからよ、と音音が金切り声を上げた。動機がありません、と安東がレインコートのボタンを外した。

「動機？」

「ヒートウェイブの部員を殺す動機です。保さんは酔って海に落ちて死んでいます。言いにくいんですが、それは自己責任でしょう。サークルの管理責任を問うのは酷だと思います。もし、誰かが気づいていれば、保さんは死なずに済んだかもしれません。でも、そこはどうしようもなかったと……島本さんたちを恨んでいる者はいません。それなのに、どうして殺さなければならないんです？」

安東がレインコートを脱ぎ、荻原と赤星がそれに続いた。美月もレインコートを床に放った。

安東の言う通りです、と草薙がうなずいた。

「俺たちにはヒートウェイブの部員を殺す動機がない。あったとしても、一人ずつ殺すなんて手間をかける理由はない。それは道代さんもわかっているはずです」

他に誰がいるのよ、と音音が安東の服に顔を近づけた。犬じゃないんだ、と草薙が頭を掻いた。

「そんなことをして何がわかる？　俺に言わせれば、海部さんだって怪しい」

どういうことよ、と音音が体を離した。まずあんたと道代さん、そして田辺さんが保の部屋に入った、と草薙が言った。

「ベッドの下に隠れていた犯人が、朱里の体ごと田辺さんを刺し殺したと言ったな？　俺と松岡が二階へ上がったのはその後だ。つまり、田辺さんが殺された時、部屋にいたのはあんたと道代さんだけなんだ。能面をつけていた、白装束を着ていた、それだって証拠はない。二階の窓から逃げたというのも、二人が言ってるだけだ。共謀して田辺さんを殺したのかもしれない」

馬鹿馬鹿しいと怒鳴った音音に、そんなことはわかってるさ、と草薙が苦笑した。

「ここにいる誰も、田辺さんを殺していない。動機はもちろん、機会もなかった。これは犯人の罠《わな》なんだ。おれたちがお互いに疑い合うように仕向け、パニックに陥れようとしている。冷静になれ。ヒステリックに叫んだところで、何も解決しない」

晴海さんは死んでいました、と美月は言った。自分の声が震えていることに気づかないほど、怯えていた。

「島本さん、純子さん、小野さんもです。犯人はどこかに隠れて、わたしたちを見張っている。次に殺すのは誰か、チャンスを窺《うかが》っているのかも――」

止めろ、と赤星が美月の両肩を摑んだ。

「それじゃ犯人の思う壺だ。ぼくたちを疑心暗鬼に追い込み、殺し合うのを待っているんだろう。犯人はぼくたちに異常なほど強い憎悪と恨みを持っている。落ち着くんだ」

犯人に心当たりがあるのかと尋ねた草薙に、一周忌法要に集まっていた者の中にいたはずです、と赤星が言った。

「寺を出た後、近くに車を停め、徒歩で戻ってきた。門の近くにいた小野さんを殺し、啓輔さんの車が出て行ったのを確認してから跳ね橋を壊した。誰もこの寺から逃げることができないようにしたんです。そうとしか考えられません。そして、島本さん、純子さん、晴海さんを次々に殺していった。おそらくは佐川さんも――」

彼は生きてる、と音音が叫んだ。かもしれない、と草薙が顔をしかめた。

「赤星くんの話には、ひとつ大きな穴がある。俺が知っている限り、保の死をヒートウェイブ部員の責任と考えた者はいなかった。誰も島本さんたちを恨んでいないんだから、殺す理由なんてない。それに、一周忌法要に集まっていた人たちを見ただろ？　あの中に能面をつけた殺人鬼なんて、安いホラー映画みたいなことを考えつく人がいたと思うか？」

美月は赤星と顔を見合わせ、力無く首を振った。島本たちを殺すにしても、能面をつける必要はなかったはずだ。

佐川さんが怪しいと考えるのは当然だろう、と草磯が言った。

「どこにいるかもわからないんだ。能面をつけていたのは、顔を見られたくなかったからじゃないか？」

止めてよ、と音音が口を醜く歪めた。

「どうして佐川くんが島本さんたちを殺さなきゃならないの？　そんな理由なんてない。絶対にない！」

かばう気持ちはわかる、と草薙が言った。

「佐川さんと付き合ってるんだから、当然だろう。だが、愛し合ってる恋人同士でも、お互いのことをすべて理解しているわけじゃない。どんなカップルだって、秘密のひとつやふたつはあるさ。もう一度聞くが、佐川さんに他の部員を殺す動機はないと断言できるのか？」

当たり前でしょと音音が言ったが、その声に力はなかった。しばらく沈黙が続き、口を開いたのは道代だった。

「佐川さんとは前に東京で一度会っただけですし、こちらでもほとんど話してませんが、音音さんが言うように、人殺しをするような方には見えませんでした。ただ……」

　何です、と赤星が顔を上げた。佐川さんは曾田村の三十三人殺しのことを調べていたそうですね、と道代が言った。

「あの恐ろしい事件は……八十年経った今も、その魔力を失っていません。取り憑《つ》かれたように調べ続けている人もいます。誰の人生にも強い影響力を持ち、闇に取り込まれてしまった者もいるでしょう。佐川さんが事件に興味を持っていたのは確かで、この村に来たのもそのためだったのかもしれません。でも、想像より闇が深く、大きかったら？　犯人と自分を同一視し、魅入られるように残虐な殺人を繰り返しているのかも……」

　そんなことあるはずないと叫んだ音音に、信じられないのはわかりますと道代が言った。

「オカルトじみた話ですし、佐川さんが殺人鬼だなんて思っていません。でも、寺で育ったわたしは、合理的な説明ができないことがあるのを知っています。都睦寺は古い寺ですから、幽霊を見たとか、そんな話は数え切れません。うまく言えませんが……」

　ないって言ってるでしょ、と詰め寄った音音を制した荻原が、佐川さんが曾田村の三十三人殺しについてぼくたちより詳しく知っていたのは確かですと言った。

「合理的な説明ができないと道代さんは言いましたが、ぼくは大学で心理学を専攻しています。シンクロニシティーという言葉を聞いたことはありませんか？」

心理的同調、と赤星がうなずいた。この寺に来たことで、と荻原が先を続けた。

「潜在意識の中にあった何か……隠していた異常性や残虐性が覚醒し、そのために人を殺し続けている可能性はあるんじゃないでしょうか」

何言ってんの、と音音が荻原を睨みつけた。他にも何かあったのかもしれない、と草薙が腕を組んだ。

「佐川さんにはヒートウェーブの部員を恨む理由があったんじゃないか？　思い当たることは？」

話にならない、と音音が横を向いた。

「何度言えばわかるの？　うちのサークルは一年間活動停止処分を受けていた。佐川くんは大学からの伝達事項を連絡するための、名前だけのキャプテン。あたし以外の部員と会って話したのは、諸井くんの一周忌法要の連絡が来た時だけ。誰であれ、他の部員を恨む理由なんてない」

信じよう、と草薙がうなずいた。ですが、と松岡が辺りを見回した。

「犯人がどこかに隠れているのは間違いありません。凶器のナイフを持ち、いつ襲ってくるかわかりません。どうやって身を守るつもりです？」

本堂で籠城しよう、と草薙が苦笑した。

「賀茂作久と同じ戦法ってわけだ。皮肉なもんだな……だが、ここが一番安全だ。正面の出入り口と、別棟に繋がる扉を見張っていればいい。今、夜中の十二時だ。朝七時になれば親戚が来るし、大河原先生が警察を呼んでいるかもしれない。ナイフを持っていても、犯人は一人だ。こっちには男が五人いる。それぞれ武器を持って、守りを固めよう」

本堂の二階で精進料理を作ると言ってましたね、と赤星が道代に顔を向けた。

「包丁の類はありますか？　他に何か武器として使えそうな物は？」

剣道の竹刀や木刀があったと思います、と道代が言った。

「昔は子供たちを集めて、剣道を教えていましたから。祖父が大広間の袋棚にしまっていた覚えがありますけど、今はどこにあるのか……」

一緒に来てください、と草薙が言った。

「どこを捜せばいいのか、ぼくたちにはわかりません。安東、手伝ってくれ。松岡たちは寺の扉の前に、何でもいいからその辺の物を積み上げて、バリケードを築くんだ。座椅子や机、石油缶や酒のケース、使える物は何でも使って、犯人が入れないようにしろ。頼んだぞ」

草薙と安東が先に立ち、道代を連れて二階へ上がっていった。犯人は誰なの、と美月は囁いた。

「一周忌法要に来ていた誰か？　それとも佐川さん？　でも、あたしたちは誰かに恨まれるようなことをしていない。そうでしょ？」

ぼくから離れるな、と赤星が美月の耳に口を近づけた。

「君のことはぼくが守る。朝になれば助けが来る。犯人は一人だ。武器さえ揃えば、こっちの方が有利になる」

松岡さんたちを手伝う、と赤星が立ち上がった。分厚い樫《かし》の扉に太い木の棒を通した松岡と荻原が、その前に座椅子を積み上げていた。

2

五分も経たないうちに、草薙たちが戻ってきた。二本しかない、と草薙が和包丁と刺し身包丁を持ったまま床に座った。

「だが、竹刀が一本と木刀が三本あった。犯人は凶暴で残虐だ。まともな精神状態じゃない」

美月は顔を両手で覆った。晴海の体をナイフで突き刺す能面の姿が目に浮かんだ。

十二時を廻った、と草薙が木刀を手に取った。

「本堂にいれば、二カ所を見張るだけでいい。下手に動かず、助けが来るのを待とう。襲ってきたら、木刀と竹刀で迎え撃つ。相手は少なくとも四人を殺している。包丁で刺したって構わない。正当防衛だ」

木刀を摑んだ赤星が素振りをすると、風が鳴る音がした。剣道二段なのは美月も知っていた。

赤星くんは有段者のようだな、と草薙が言った。

「松岡も習ってたな？　荻原と安東は？」

体育の授業だけです、と荻原が首を振り、同じですと安東が頭を掻いた。いいだろう、と草薙が木刀を手に取った。

「俺が正面の出入口、赤星くんが奥の扉を守る。もし襲ってきたら――」

不意に天井の電灯が消えた。音音が悲鳴を上げ、美月は赤星の腕にしがみついた。

落ち着け、と草薙が怒鳴った。

「みんな、懐中電灯を点けろ。ロウソクは灯っている。何も見えないわけじゃない。だが、これは……道代さん、寺の電気は自家発電でしたね？　ブレーカーはどこです？」

別棟の裏に発電機があります、と道代が言った。

「鍵をかけているので、父しか動かせません。ブレーカーは本堂の二階です」

犯人が壊したんだろう、と草薙が立ち上がった。

「こんなタイミングで電気が消えるはずがない。奴の狙いは何だ？」

ぼくたちです、と赤星が木刀を構えた。大丈夫だ、と草薙が懐中電灯の光を左右に向けた。

「犯人が本堂に入ってくればすぐわかる。夜が明けるまで電池が保てばいいんだが……」

待ってください、と赤星が顔を道代に向けた。

「ブレーカーは二階にあるんですね？　それなら、今、犯人は二階にいる？」

田辺さんを殺した後、奴は別棟の二階の窓から逃げたんじゃなかったのか、と草薙が赤星と道代の顔を交互に照らした。

「この雨の中、どうやって本堂の二階へ上がった？　七、八メートルはあるぞ。そんなことできるわけがない」

梯子を使ったのかもしれません、と道代が言った。

「一階の屋根まで上がれば、壁の排水管を足場にできます」

何のために二階へ、と草薙が懐中電灯を持った手で額の汗を拭った。

「ブレーカーを落とし、明かりを消すためだとすれば……」

いつ襲ってきてもおかしくありません、と赤星が低い声で言った。その時、正面出入口の方から足音が聞こえた。音音が両耳を塞ぎ、悲鳴を上げた。

本堂にいるのは危険です、と道代が叫んだ。

「犯人はわたしたちがここにいることを知ってます。今のうちに安全な場所に移った方がいいのでは？」

どこにそんな場所があると唇を噛んだ草薙に、別棟の二階ですと道代が奥の扉を指さした。

「一番奥の部屋……田辺さんが殺された部屋なら、窓を塞げば外から入れなくなります。出入り口は襖戸だけですから、そこさえ守れば――」

絶対行かない、と音音が悲鳴を上げた。

「晴海さんと朱里さんの死体があるのよ？　あんな狭い部屋で二人の死体と一緒に朝まで待てってこと？　そんなの無理よ！」

ここより安全だ、と草薙が木刀を握った。

「今、犯人が外にいるのは確かだ。本堂に入ってくる前に、別棟へ移動しよう。落ち着いて行動するんだ。奴は幽霊でも怨霊でもない。人間なんだ。動けば音もするし、気配だってわかる」

おれと松岡が先に行く、と草薙が指示した。

「赤星くんと荻原は後ろについけ。道代さんたちはぼくたちの間に入って、周りを懐中電灯で照らしてください。いいですね？」

美月は隣にいた赤星に目をやった。顔が引きつり、目が真っ赤になっていた。

3

木刀を持った草薙が別棟に続く扉をゆっくり開け、廊下に足を踏み入れた。松岡がそれに続き、美月は後ろから懐中電灯で廊下を照らした。

誰もいません、と松岡が小声で言った。

「今のうちに、奥の階段まで行きましょう」

注意して進め、と草薙が指示した。

「両側に部屋がある。犯人が隠れているかもしれない」

今は外にいるはずです、と荻原が手の汗を喪服の裾で拭った。ついてこい、と草薙が先に立った。

距離は十メートルもない。だが、その十メートルが遠かった。

本堂の正面出入口から聞こえてきた足音は、犯人の偽装工作かもしれない。別棟で待ち伏せていたらどうなるか、考えるまでもなかった。

後を追ってくる可能性もある。背後から襲われたら、身を守る術《すべ》はない。

後ろを照らせ、と赤星が言った。危険だとわかっているのだろう。

美月は背後に懐中電灯を向けた。開いたままの扉から、本堂で灯っているロウソクの火が見えた。正面出入口のバリケードはそのままだった。

悲鳴を上げた音音が、脅かさないでと喚いた。草薙と松岡の短い影が壁に映っていた。

こっちだ、と合図した草薙が階段に足を掛け、一段ずつ上がっていった。松岡と道代が続き、美月は音音と手を繋ぎ、その後ろについた。ねえ、と音音が囁いた。

「あたしは晴海さんを殺した犯人を見た」音音の持つ懐中電灯の光が震えていた。「突然過ぎて、よく覚えてないけど……シルエットが草薙さんと似てた気がする。身長は同じぐらいだったし、体つきも……」

でも、と美月は上に目を向けた。

「草薙さんと松岡さんは階段で二階へ上がってきた、そうですよね？　その時、犯人はまだ室内にいたはずです。草彅さんが晴海さんを殺せるとは思えません」

あの二人が共謀していたとすれば、と音音が怯えた声で言った。

「晴海さんを殺した後、草薙さんは窓から飛び降りて、外から二階へ上がった。その間、松岡さんが部屋に残って、襖にナイフを突き立てていた。犯人がまだ部屋にいるように見せかけたってこと」

「二人は一緒に二階へ上がってきたんですよね？」

怖くてよく覚えてない、と音音が後ろに目をやった。赤星と安東が二階へ上がっていた。

廊下を進み、諸井の部屋の前に立った草薙が、明かりを、と命じた。美月は懐中電灯で襖を照らした。

草薙が襖に手を掛け、ゆっくりと開いた。後ろから道代が室内に懐中電灯を向けている。

横に回ろうとした美月の足元で音がした。廊下に懐中電灯が落ちていた。

「音音さん――？」

美月は懐中電灯を拾い上げ、前を照らした。立っていたのは、首のない音音だった。

悲鳴を上げることすらできず、手にしていた懐中電灯を闇雲に振り回した。音音の体が崩れ落ちていく。

視界の端に、ナイフを持った白装束が映った。顔に翁面がある。どこに隠れていたのか。

大きなナイフを頭上で構えた翁面が、そのまま美月に向けて振り下ろした。悲鳴を上げるのと同時に、風を切る音が鳴った。

木刀を構えた赤星が目の前にいた。翁面の手から落ちたナイフが、廊下に転がった。

「美月！」

一歩踏み込んだ赤星が突きを入れた。声ではなく、ぐふ、という音がした。翁面の喉から漏れた音だ。

異変に気づいた草薙、そして荻原が左右に回り、翁面を木刀で打った。草薙の木刀が肩に当たり、骨が折れる音が聞こえた。

逃がすな、と草薙が怒鳴った。次の瞬間、異臭が辺りに漂った。ガソリンだ、と赤星が叫ぶより早く、翁面が取り出したオイルライターに着火し、床に投げ付けた。

廊下に炎が上がり、赤星たちの服が燃え出した。肩を押さえた翁面が階段へ向かったが、床の炎を消さなければならない。追うことはできなかった。

頭を押さえた松岡が廊下を転げ回っている。髪の毛が燃えていた。安東が自分のジャケットを脱ぎ、それを叩きつけると、炎が小さくなった。

「赤星くん！」

大丈夫だ、と赤星が燻《くすぶ》っている喪服を脱ぎ捨てた。ワイシャツが焦げていた。

「草薙さんは？」

くそ、と怒鳴った草薙が上着をその場に捨てた。体を起こした松岡が頭に手をやっている。髪の毛が燃える嫌な臭いがした。

部屋に入れ、と草薙が大声で言った。

「急げ、奴が戻ってくるかもしれない」

音音さんが、と叫んだ美月の腕を赤星が摑んだ。

「見るな。今はどうにもならない」

早く、と安東が手を振っている。赤星に肩を押され、美月は部屋に入ったが、意志とは関係なく、自分の顔が横に動いた。

壊れた人形のような体と、その先に落ちている首だけの音音。その目が大きく見開かれていた。

Wind8 血潮

1

狭い部屋に草薙たち四人が並んで座り、ベッドの横に美月と道代、そして赤星が腰を下ろした。道代が懐中電灯で辺りを照らすと、お互いの顔が見えるようになった。

すぐ隣に朱里、そして晴海の死体があると思うと、怖くてたまらなかったが、道代もそれはわかっているのだろう。懐中電灯の光を当てないようにしていた。

窓を簞笥で塞いだ荻原と安東が座り直すと、草薙が口を開いた。

「赤星くんが突きを入れた時、奴は悲鳴をあげていた。木刀が肩に入って、骨が折れたのも確かだ」

あれは誰なんです、と安東が左右に目をやった。どこからか、風が吹き込んでいる。美月はそれぞれの顔を見つめた。

赤星、道代、草薙、松岡、安東、荻原。誰の顔も恐怖で色を失っている。自分もそうなのだろう。

佐川さんはどこにいるんだ、と苛立ちを露《あらわ》にした草薙が言った。音音が殺され、残ったのは美月と赤星、道代、そして草薙たち四人しかいない。殺害された者を除けば、姿を消しているのは佐川だけだ。

犯人の背格好は、中肉中背としか言えなかった。暗いためもあったが、白装束を着ていたので、体型がわかりにくかった。

本当に佐川さんかも、と美月はつぶやいた。どことなく体格が似ていた気がする。だが、思い込みかもしれない。

佐川さんしか考えられないと松岡が言ったが、信じられません、と赤星が首を振った。

「かばうつもりはありませんが、あんな残酷なことをするような人ではないと……それに、恋人の音音さんを殺すでしょうか？　二人の関係が良かったのは、見ていればわかったはずです」

そうかもしれないが、と草薙が舌打ちした。

「心の中まではわからない。他に女ができたとか、海部さんが二股をかけていたとか、そんなことがあったのかもしれない。男と女だ。裏切られたとわかれば、殺すことだってあるだろう」

どんなことだって考えられる、と草薙が言葉を継いだ。

「海部さんが島本さんや小野さんと浮気していたとすればどうだ？　印象だけだが、彼女は美人で色気もあった。自分の女と寝ていた先輩や後輩を殺したが、膨れ上がった怒りは恋人にも向かった。沢木さんと田辺さんは巻き添えを食った……そういうことかもしれない」

部屋全体が震えるほど風が鳴った。雨の音が大きくなっている。

あれが誰だとしても、と道代が言った。

「今はどうやって身を守るか、それを考えた方がいいのでは？　犯人は怪我をしているでしょうけど、どこかに隠れてわたしたちを狙っているのかもしれません。いつ襲われるか……」

助けを待つべきです、と赤星が口を真一文字に結んだ。

「ここを出て犯人を捜すのは、リスクしかありません。雨風も強いですし、懐中電灯の光も弱くなっています。犯人が寺の中にいるのなら、ここで襲撃を防げばいい。朝になれば誰かが来ます。あと六時間の辛抱です」

美月は腕時計に目をやった。深夜一時になっていた。

ここは不利だ、と草薙がぽつりと言った。

「奥の部屋だから壁もあるし、窓さえ塞げば出入口は襖戸だけだ。奴が襖を蹴破って飛び込んできても、迎え打つのは簡単だと思っていたが、この部屋は狭すぎて木刀も竹刀も振りづらい。くそ、どうすりゃいいんだ？」

本堂に戻った方がいいと思います、と松岡が首を小さく捻った。

「でも、下で犯人が待ち伏せているかもしれません。部屋に隠れていたら、懐中電灯で照らしても簡単には見つからないでしょう。明かりさえあれば……」

別棟にもブレーカーがあります、と道代が言った。調べよう、と草薙が立ち上がった。

「明かりが点けば、下の様子もわかるだろう。ここにいるにしても、この暗さじゃどうにもならない」

ブレーカーは部屋の外です、と道代が懐中電灯で襖戸を照らした。

「開いた正面、壁の上にあります。どうしますか？」

俺が行く、と草薙がうなずいた。

「赤星くん、援護してくれ。松岡、襖を開けて様子を見ろ」

五センチほど襖を開け、左右に目をやっていた松岡が、誰もいませんと低い声で言った。

行くぞ、と草薙が合図すると、赤星がその後ろについた。襖を大きく開いた草薙が廊下に出て、照らせと鋭い声で言った。

美月は持っていた懐中電灯を高く掲げた。正面の壁にブレーカーが取り付けられていた。

蓋を外した草薙が、駄目だと吐き捨てた。内部が叩き壊されている。直すことはできない。

戻ってきた草薙が、襖を閉めろと命じた。

「夜中の一時か……冷えるな。どうする、ここで朝を待つか？」

日の出は五時過ぎです、と安東が言った。

「まだ気温は下がるでしょう。本堂へ戻れば、ストーブがあります。ここよりは暖かいと思いますが……」

美月は首を振った。犯人がどこにいるかわからない。迂闊《うかつ》に動くのは危険だ。

「暖房は……あるわけないか」

苦笑を浮かべた草薙に、ロウソクがあったはずです、と道代が立ち上がった。

窓を塞いでいた簞笥の引き出しを開けると、太いロウソクが出てきた。その数は十本あった。ないよりはましだ、と草薙がロウソクを全員に配った。

「これを明かりにして、懐中電灯は消そう。電池が切れたら、いざという時何の役にも立たない」

引き出しに入っていたライターでロウソクに火を灯すと、部屋が明るくなった。吹き込む風で、炎が揺れている。お互いの顔がぼやけて見えた。

草薙が自分の肩を両手でこすっている。赤星もそうだが、翁面が放った炎で喪服が焼け、脱ぎ捨てているので、着ているのはワイシャツとスラックスだけだ。寒いのだろう。

それは美月も同じだった。春夏用の喪服はワンピースで、ストッキングこそ穿《は》いているが、床から足の裏を通じて伝わる冷気のため、体の震えが止まらなくなっていた。

本当に四月なのか、と荻原が苦笑交じりに言った。

「真冬みたいだ。異常気象ってことか?」

山の上はなかなか寒さが緩まないものですけど、と道代がため息をついた。

「こんなことは初めてです。雨のせいかもしれません」

どうしてこんなことに、と美月は赤星の耳元で囁いた。わかってるはずだ、と赤星が顔をしかめた。

「すべては一年前の諸井の死から始まっている。救急車を呼んでも、手遅れだっただろう。それでも、ぼくたちは通報するべきだったんだ」

後悔しかない、と赤星が顔を伏せた。

「ぼくたちは責任から逃げた……島本さんや佐川さんの立場を考えれば仕方なかったというのは、自分に対する言い訳だよ。ここを出たらすぐ警察へ行って、何があったのかすべて話す」

あたしも一緒に行く、と美月はうなずいた。

「あの時のことを、ずっと悔やんでいた。諸井くんに謝りたい。すぐに救急車を呼べば、蘇生していたかもしれないのに……」

蘇生、と赤星が顔を上げた。表情に驚きの色が浮かんでいた。

「どうしたの？」

もしかしたら、と言いかけた赤星に、松岡がロウソクを渡した。

「蠟《ろう》で床に固定してください。もっと襖の近くに……」

余っていた三本のロウソクを部屋の隅に置いた赤星が火をつけた。風が炎を揺らし、誰の影も大きく伸びていた。

2

一分が一時間に思えるほど、時間がのろのろと過ぎていった。何度か腕時計に目をやるうちに、ようやく針が三時を指したが、部屋に籠もってから二時間しか経っていない。

このまま朝が来ないのではないか、と美月は思った。誰もが口を閉じていたのは、疲労のためだろう。

雨が強くなっています、と道代が塞いでいる窓に目を向けた。雨粒が激しく窓を叩く音が聞こえる。それに重なるように、別の音がしていた。

「……何だ？」

全員が辺りを見回した。窓ではない。壁だ。壁を誰かが叩いている。断続的なその音が、雨音より大きくなっていた。

ガラスが割れる音がした。揺れ始めた箪笥がすぐに倒れ、窓から小石が続けざまに飛び込んできた。

悲鳴を上げた安東が顔を押さえてうずくまった。指の間から血が床に落ちた。

離れろ、と草薙が叫んだ。

「奴が石を投げているんだ。下がれ！」

松岡が安東を引きずって後ろに下げた。玉砂利です、と荻原が小石を拾い上げた。

境内に敷き詰められていた玉砂利は無数にある。壁に当たるとへこむほどの勢いで投げ込まれている小石からは、殺意さえ感じられた。

ゴルフボールよりひと回り小さい玉砂利が、次々に飛び込んでくる。気づくと、足元に数え切れないほどの玉砂利が溜まっていた。

変です、と荻原が周りに目を向けた。

「壁の音がさっきより激しくなっています。わかりますか？」

最奥部の部屋なので、壁は外に面している。三面ある壁すべてで、音が響いていた。

地上から二階までは五、六メートルほどだから、それほど距離はない。だが、同時に三つある壁に石を投げつけることはできないはずだ。

どういうことだ、と赤星が歯を食いしばった。

「何のためにこんな……美月、ぼくの後ろに回れ。姿勢を低くして、頭を守るんだ」

床に手をついて前に進んだ安東が、朱里の体に掛けてあった薄い毛布を摑んだ。

「これで窓を塞ぎましょう！　投石を防げば――」

声が途切れ、毛布の端を握ったまま、安東が仰向けに倒れた。その喉から、噴水のように血が迸《ほとばし》っていた。

「安東！」

松岡が叫ぶのと同時に、窓から強い風が吹き込み、十本のロウソクが消えた。闇の中、美月は手探りで懐中電灯のスイッチを入れた。鬼女の能面をつけた白装束が目の前に立っていた。

どうなってる、と草薙がつぶやいた。犯人は下から玉砂利を投げていたはずだ。いつの間に上がってきたのか。

「逃げろ！」

荻原が襖を蹴倒して廊下に転がり出た。鬼女面が大きなナイフを安東の体に突き刺している。ぐさり、という音がそのたびに上がった。

赤星に背中を押され、美月は廊下に飛び出した。足をもつれさせたまま階段を降りたが、その間も鈍い音が続いていた。

3

階段を駆け降りていた荻原が足を滑らせ、下へ落ちていった。凄まじい勢いで頭から壁に激突し、首があり得ない角度で曲がり、骨が折れる音がはっきり聞こえた。前に目を向けていた道代の口から、悲鳴が上がった。

「どうした？」

階段の下に、般若の能面をつけた白装束が立っていた。二階には鬼女、前には般若、外にもいるはずだ。

草薙が木刀を振り上げ、打ち下ろした。般若の面が割れ、その場に崩れ落ちる。踏み越えた草薙が、走れと怒鳴った。

「本堂に戻るんだ！　早く……松岡！」

背後で嫌な音がした。振り向いた美月の前で、鬼女がナイフを松岡の脳天に突き立てていた。

飛び散った血と脳漿《のうしょう》が目に入り、美月の視界が真っ赤に染まった。松岡が前のめりに倒れ、手が当たった拍子に鬼女の面が外れた。

「……晴海さん？」

美月は目を見開いた。能面に刺し殺された晴海がなぜここにいるのか。どうして松岡を殺したのか。

信じられないまま、何度も目を拭った。こんなことあり得ない。悪い夢に決まってる。

赤星が美月の腕を摑み、階段を飛び降りた。廊下に数え切れないほどのロウソクが並び、火が灯っていた。

周囲の壁が音を立てて鳴り始めた。玉砂利ではない。誰かが壁を叩いている。一人、二人ではない。十人以上かもしれなかった。

離れるな、と赤星が木刀を構えた。

「草薙さん、道代さんを頼みます。ぼくは美月を……犯人は佐川さんじゃない。これは――」

本堂に続く廊下の奥から、爪で黒板を引っ掻くような音が聞こえた。ナイフを壁に当てたまま、歩いているのだろう。

不意にすべての音が止み、本堂の扉が開いた。そこに五人の能面が立っていた。壁に飾られていた能面が美月の頭を過った。

返り血で全身を赤く染めた晴海が階段を降りてきた。悲鳴をあげた道代が、その場に膝を突いた。

晴海の後ろに、十人以上の能面が続いている。全員の手に大きなナイフがあった。

晴海さん、と木刀を構えたまま赤星が叫んだ。

「なぜです？　どうしてこんなことを？　島本さんたちを殺したのは、あなただったんですか？」

晴海が甲高い声で笑った。長く続くその笑い声は鵺《ぬえ》のようだった。

「あたしが島本を殺した？　そんなこと、できるわけないじゃない。あんたたちと一緒にここにいたのよ？　それも覚えてないの？」

あの能面たちは、と赤星が木刀を向けた。

「諸井くんの一周忌法要に集まっていた烏野原村の人たちですね？　小野さん、そして純子さんを殺したのは誰です？」

誰ということやない、と前に出た能面が口を動かした。声で啓輔だとわかった。

「あえて言うなら、わしら全員でやったことになるんかな。あんたらは保を殺した。罰を受けるのは必定《ひつじょう》よ」

なぜ松岡たちまで殺した、と草薙が怒鳴った。

「おれたちは村の人間だぞ？　諸井の死とも関係ない。恨まれる覚えはないんだ！」

悪いことをしたと思うちょる、ともう一人の能面が顔に手を掛けた。

「昨晩のうちに村へ帰っておれば、死なずに済んだんじゃが……すべては昨日の夜に決めたことじゃからの。お前たちも呼んでおったのに、どうして来なかった？」

能面を外すと、諸井剛の顔が露《あらわ》になった。

「保を殺した者はすべて殺すと皆で決めた。その邪魔をする者も同じ。お前たちは何も悪うないが、仕方ないじゃろう」

何をしてるかわかってるんですか、と草薙が首を振った。

「保が死んで、おじさんがどんなに辛かったか……悲しみ、苦しみ、悔しさ、やりきれない日々が続いたでしょう。でも、彼らは保を殺したわけじゃない。あれは事故だったんです。もし殺していたとしても、警察に訴えるのが――」

それで恨みが晴れるかね、と剛が小さく笑った。立っていた能面たちも笑っている。異様な光景だった。

「赤星くん、逃げるぞ」こいつらは正気じゃない、と草薙が呻いた。「何を言っても通じないだろう」

晴海を先頭に、後ろから二十人以上の能面がじりじりと近づいている。手に手にナイフを構え、全身から殺気が漲《みなぎ》っていた。

待ってください、と美月は晴海を見つめた。

「晴海さんは能面に刺し殺されたと音音さんが言ってました。それなのに……」

あの部屋は暗かった、と晴海が微笑を浮かべた。

「音音はベッドの下に隠れていた能面が朱里さんの喉をナイフで貫き、そのままあたしを刺したと思った。そう見えるように仕向けたの」

晴海が喪服の下からナイフを取り出し、刃先を喉に押し付けてから床に放った。弾んだナイフが転がった。

「どこにでも売ってるマジック用の小道具よ。体に当たれば刃が引っ込み、その後は元に戻る。能面が朱里さんの喉を刺したのは別のナイフで、すり替えるのは簡単だった」

「でも、血が飛び散ったと……」

あれは血糊《ちのり》、と晴海が襟元に巻いていたチューブを外した。

「ナイフを突き刺すタイミングに合わせて、チューブを爪で破ったの。そうすれば血糊が飛び散る。怯えた音音は、死んだと確かめる前に部屋から逃げ出した。あの状況なら、誰でもそうする」

あんたは死んだふりをして保の部屋にいた、と草薙が額に垂れた汗を拭った。

「それはわかったが、こいつらはどこにいた？　跳ね橋を壊したのもお前らか？」

そうですよ、と朝子が能面を外した。次々に白装束が能面を床に放った。一周忌法要に集まっていた親戚、知人の顔がロウソクの光に照らされた。

最初からわしらはあんたたちを殺すつもりだった、と剛が大きく息を吐いた。

「理由はわかっとるな？　息子の保を殺したからじゃ。あれはこの寺の跡継ぎだった。都睦寺には幾多の怨霊を慰め、村に災いが起きないようにする務めがある。あんたらのせいで、わしらは次の住職を失ったんじゃ」

息子を殺された親の無念はわからんでしょう、と朝子が剛に並んだ。

「それだけでも罰せられなきゃなりませんよ」

事故だったんです、と美月は叫んだ。

「責任の一端がわたしたちにあったのは認めます。でも、事情は警察に説明しました。諸井くん自身の過失でもあったんです。東京でお会いした時、それはわかっているとお父様もお母様もおっしゃってましたよね？」

あの時はそう言いました、朝子が微笑んだ。

「飲み過ぎてアルコール中毒死したのは、保のせいでもある……でもね、あの後、田辺さんから連絡があったんです。はっきりとは言いませんでしたが、保の死因を確かめたいと考えているのがわかりました。おかしな話でしょう？　だから、保の葬儀を済ませた後、わたしたちは東京に戻って田辺さんと会ったんですよ」

美月は視線を移した。大きく口を開けた晴海の笑い声が、いつまでも長く続いた。

Wind9 炎の矢

1

あんまり笑わせないで、と頬の涙を拭った晴海が美月に顔を向けた。

「一年前のあの夜、諸井くんは急性アルコール中毒で死んだ。きれいごとを言う気はない。誰にとっても、事故死を装った方がいいに決まってる。だから、島本たちが諸井くんを海に落とすのを止めなかった」

あれは間違いでした、と美月は首を振った。

「ずっと後悔していたんです。それは赤星くんも同じで――」

あんたが考えているより事態は最悪だった、と晴海が吐き捨てた。声に押されるように後ずさり、気づくと美月たち四人は本堂に戻っていた。千本以上のロウソクの灯が周りを照らしている。

「諸井くんの死は事故で、あたしたちがその責任を取る必要なんてない。死体遺棄は犯罪だけど、殺したわけじゃないんだもの」

「でも……」

聞いて、と晴海が先を続けた。

「諸井くんの死体を海に捨てたのは、人として最低の行為よ。そんなこと、言われなくたってわかってる。だけど、彼の死は自己責任だって美月も思ったはず。あんたも止めなかったでしょ？」

右側に赤星、左側に草薙と道代が立っている。あの時は混乱していて、と美月は強く首を振った。

「……どうすればいいのか、わからなかったんです」

そんなの言い訳よ、と晴海が馬鹿にしたように笑った。

「何もなかったことにするしかない。あの場にいた全員が同じことを考え、諸井くんが事故で死んだと偽装した。警察もあたしたちの言い分を認めて、それですべてが終わったはずだった。ニュースでもそれほど大きく取り扱われなかった。あんたもほっとしたでしょ？　でも、テレビのニュース番組を見ていた時、死因は溺死ってアナウンサーが言ったの。あたしがどれだけ驚いたかわかる？」

美月は顔を伏せた。彼は泥酔して意識を失っていただけで、死んではいなかったと晴海が言った。

「彼は仮死状態で、あの時は慌ててたから、あたしもそれに気づかなかった。海に投げ込まれて意識を取り戻したけど、泳ぐことができないまま溺れ死んだの。つまり……諸井くんを殺したのはあたしたちだったのよ」

やはりそうだったんですね、と赤星が暗い表情を浮かべた。誰もそれに気づかなかった、と晴海が舌打ちした。

「諸井くんの死体を海へ捨てた負い目があったから、新聞やテレビは見ないようにしていたはず。あたしもそうだったけど、たまたまアナウンサーの声が耳に飛び込んできて……ネットも含め、他のメディアで〝溺死〟というワードを調べたら、いくつか見つかった。でも、はっきりしたことがわからなくて……怪しまれるに決まってるから、警察に問い合わせるわけにはいかない。だけど、どうしても気になって、諸井くんのご両親に連絡したの」

六月の終わりでしたね、と朝子が言った。

「とても暑い日でした。田辺さんの声音に妙な胸騒ぎがして……あの時、保に何が起きたのか、話を聞くために東京へ行き、田辺さんと会ったんです」

問い詰められて、すべてを話したと晴海が視線を逸らした。

「泣いて詫びたけど、あんたは人殺しだ、警察に全部話す、それが嫌なら協力しろって……息子を殺した者たちは報いを受けなければならない、二人はそう言ったの」

親なら誰でも同じことを言うでしょう、と朝子が微笑んだ。あたしがどれだけ苦しんだか、あんたたちにわかるはずがない、と晴海が美月と赤星を睨みつけた。

「あれは不運な事故で、死体を海に捨てたのは緊急避難だ、それぐらいにしか考えていなかったでしょ？　罪の意識はあっただろうけど、よく知りもしない一年生のことなんか、すぐに忘れると……でも、あたしは違う。罪滅ぼしをしない限り、彼を殺した記憶は永遠に残る。だから、協力すると決めたの」

何度もこの村を訪れ、ご両親をはじめ親戚や諸井くんをよく知っている人たちと会った、と晴海が異様なほど早口で言った。

「苦しませた上で殺したい、と誰もが言った。村にとって、この寺は神聖な信仰の対象だったし、心の依《よ》り所《どころ》でもあった。後を継ぐ諸井くんが死ねば、それが失われる。病気や事故なら諦めるしかないけど、彼は殺されたのよ？　絶対に許さないと考えたのは当然でしょ。それから長い時間をかけて、復讐の計画を練った。別棟を増築したのは、一日修行の参拝客のためじゃない。あんたたちを泊める部屋が必要だったから、新たに作ったの」

木の香りがしました、と赤星が言った。

「八部屋だったのは、ぼくたちの人数に合わせたんですね？」

ドアに能面が掛けてあったでしょ、と晴海がうなずいた。

「内蔵されている小型カメラを通じて、あんたたちを監視していた。寺の本堂、廊下、駐車場や門……至るところにカメラを設置し、誰がどこにいるかわかるようにしたの。一人ずつ殺す、と決めていた」

どうしてです、と叫んだ美月を制した赤星が、大河原先生も計画に加わっていたんですかと言った。もちろんです、と朝子が微笑んだ。

「田舎の村ですから、保は誰にとってもわが子同然でした。都睦寺の跡継ぎが殺されたと知って、どれだけあなたたちを恨んだか……真っ先に協力を申し出てくれたのが、大河原先生だったんです」

草薙くんらにはすまんと思うちょる、と剛がため息をついた。

「そいじゃが、仕方なかろう。これも定めじゃ。一緒に天国へ行ってもらえりゃ、保も喜ぶじゃろ」

どうかしてる、と草薙が一歩前に出た。

「おじさんたちがヒートウェーブの部員を恨む気持ちはわかります。でも、ぼくたちに何の罪があると？　どうして松岡たちを殺したんですか！」

あなたたちは生きてます、と朝子が言った。

「この村で生まれ育ち、保と同じ学校へ通い、一緒に遊んだ友達です。保は死にました。でも、あなたたちは楽しそうに日々を過ごしている。不公平だと思いませんか？」

それだけやない、と啓輔が唾を吐いた。

「お前らは村を捨てて、よその街へ行った。保の葬式に顔だけは出したが、忙しいゆうて、そそくさと帰って行った。保は都睦寺の跡取りじゃ。その意味はわかっとるはずやろ？　情けのうて、悔しくて、お前らも死ねばいい、保の霊を慰めるために殺すしかないと――」

そりゃあんまりじゃろうと思うた、と剛が口を開いた。

「お前たちにも事情があったんやろ、とみんなをなだめて、一周忌法要を知らせる手紙を送った。前日にわしの家に来てくれと書いたんは、復讐に手を貸してくれると信じておったからじゃ。ほいじゃが、誰も来んかった。来ていれば死なずに済んだものを……」

美月は周囲に目をやった。周りにいた者たちが能面を付け直し、ナイフを構えた。能面の穴から覗く目に、強い憎しみと恨みが浮かんでいた。

あんたたちを集めなければならなかった、と晴海が言った。

「東京で一人ずつ殺すなんて無理よ。ご両親をはじめ、村の人たちは恨みを晴らすために、殺害に加わるつもりでいた。無数の刺し傷のある死体が発見されたら、警察の捜査が始まって、すぐ逮捕されてしまう。でも、部活は休止していたし、部員同士が連絡を取ることはなくなってた。あたしが声をかけたら変でしょ？　でも、一度だけ機会があると諸井くんのお父さんが言ったの。一周忌法要なら、全員を集める口実になると……」

能面の輪がゆっくりと狭まり始めた。赤星と草薙が木刀を構えたが、三メートルも離れていない。

一周忌法要に来てほしいゆうて手紙を出せば、田辺さんがうまいこと話をつけると思うた、と剛が笑みを浮かべた。

「本心から詫びたいと思ってた者もおるやろし、行きたくないゆう者もおったやろ。せやけど、あんたらには罪の意識があったはずや。結局は来ざるを得ん」

誰かが行かないと言ったら、あたしが説得するつもりだった、と晴海が言った。

「難しいことじゃない。島本と佐川くんは行くと言うだろうし、純子と音音はあの二人に従うしかない。あんたと赤星くんが諸井くんのことを後悔していたのは、キャンパスですれ違った時、顔を見てわかってた。反対するのは小野くんだけよ。何でゴールデンウィークにわざわざ岡山へ行かなきゃならないんだ、そんなふうに言うだろうけど、意志の弱い男だから他の七人が行くなら、自分も行くと言うに決まってる。何も知らないあんたたちは、のこのここの寺へやって来た。諸井くんの一周忌が自分の命日になるとも知らずにね」

甲高い声で晴海が笑った。その顔は般若そのものだった。

すべてあなたの考えですか、と赤星が剛を正面から見た。決めたのは義父よ、と剛が言った。

「都睦寺の住職はわしやが、義父は今も諸井家の家長じゃ。都会の人にはわからんじゃろうが、大事なことを決めるんは家長の務めよ……細かいことは、わしや女房で決めたがね。狭心症の発作で倒れるとは思うとらんかったから、最初は驚いたが、大河原先生がうまいこと言うてくれたおかげで、何もかんもうまく運んだ」

「あなたと奥さんがぼくたちを殺しても構わないと言ったんですか？　住職なのに？」

義父は誰よりも保のことを可愛がっておった、と剛がうなずいた。

「わしは婿養子じゃけ、義父とは血が繋がっておらん。都睦寺を継げるのは諸井家の男だけよ。正式な跡取りが生まれて、どれだけ喜んだか……あんたらを殺すのは仏罰じゃ、と義父は言うておった」

そんな馬鹿な、と草薙が怒鳴った。

「仏に仕える身の住職が人殺しを勧めた？　仏教では殺生が禁じられているはずだ。それなのにこんな……」

因果応報やな、と剛が口元を歪めた。

「妙なことを言うようやが、いつの頃からかわしらは自分たちの意思と関係なく、何かに動かされていたのかもしれん。仏か神か知らんが、それがすべてを決めていった。誰もが進んで自分の役目を果たしてくれたんじゃ」

朱里さんもそうでしたね、と朝子が微笑んだ。どういうことです、と赤星が叫んだ。

「彼女は首を吊って自殺したはずです。役目って……」

朱里さんが死んだと言ったのはあたし、と晴海が自分を指さした。

「一度寺を出て行った人たちが、しばらくしてから寺に戻ったのは説明しなくてもわかるでしょ？　でも、この人数よ。誰かが気配に気づくかもしれない。朱里さんが死ねば、それどころじゃなくなる。だから、首吊り自殺を装った」

「装った？」

すべての準備が整うまで、自由に動ける者が必要だったと晴海が言った。

「あんたたち七人と草薙さんたち四人を、一度には殺せない。諸井くんのご両親も、そんなことは望んでいなかった。諸井くんの無念を晴らすために、一人ずつ殺して恐怖心を煽る。それがあんたたちへの罰だったの。小野くんを最初に殺すと決めたのはお母さんよ」

「どうして小野さんを？」

彼が無理やり諸井くんに酒を飲ませたから、と晴海が言った。

「諸井くん殺しの主犯を最初に殺すのは、当たり前だと思わない？」

反省しているようには見えませんでした、と朝子が目頭を押さえた。

「あんな男のために保が死んだなんて、悔しくてなりません。母親のわたしが殺すしかないでしょう？」

できるだけ残酷にと考えました、と朝子が笑った。正気を失った者の笑みだ。

「あの男が煙草を吸うのは、晴海さんから聞いていました。灰皿は門のところにしかありません。必ず来るとわかっていましたから、待ち伏せてナイフで刺し殺したんですよ」

あんたらが小野さんの死体を濠で見つけたのは誤算じゃった、と剛が舌打ちした。

「沈むと思うたんじゃが、あれは執念やな。よほど生に執着があったんじゃろう……あの男を殺人鬼に見せかけるつもりやったが、それはうまくいかなんだ。ほいじゃが、代わりを務めてくれた者がおった……佐川さんじゃ」

やはり佐川さんも殺したんですねと言った赤星に、決まってるでしょと晴海が薄笑いを浮かべた。

「誰かが外に出た時に備えて、村の人たちが物陰に隠れて見張っていたの。佐川くんでなくてもよかったんだけどね」

あんたでもな、と剛が赤星を睨みつけた。

「じゃが、あの男が墓地へ来たのも、定めじゃったんじゃろう。あそこにも人を配しておったから、殺すのは簡単じゃった。死体を墓に埋めたから、どこにおるのかわからんちゅう話になった。誰であれ、疑わざるを得ん……あんたらは誰のことも信じられんくなったが、わしらがそう仕向けたんじゃ」

そうすれば部屋に籠もる者が出るやろ、と啓輔がうなずいた。いつ、誰が部屋に戻るかはわからなかった、と晴海が言った。

「小野くんと佐川くんを殺しても、まだ九人残っている。島本と純子が部屋に戻ったから、朱里さんに知らせてあの二人を殺させた」

あの部屋には鍵がかかっていた、と草薙が叫んだ。

「密室だったんだ。朱里の自殺が偽装だったとしても、どうやって部屋に入った？」

この寺の造りを考えればわかる、と晴海が天井を指した。

「自殺した朱里さんの遺体を別棟の二階に運んだでしょ？　でも、彼女は死んでいなかった。畳一枚上げれば、客用の部屋の天井裏に潜り込める。去年建てた別棟には全室に隠し階段を設置していたから、それを使えば部屋に入るのは簡単よ。セックスに夢中だった二人を殺すのは、誰にだってできる。自業自得よ」

田辺さん、と静かな声で赤星が言った。

「あなたが諸井くんのご両親に協力したのは、島本さんと純子さんを殺すためだったんですね？」

島本はあたしを裏切って捨てたのよ、と晴海が獣のように吠えた。

「おとなしくて、何でも言うことを聞く純子に乗り換えた。そんな馬鹿な話がある？　報いを受けるべきよ！」

ざまあみろ、と吐き捨てた晴海の口から大量の涎《よだれ》が飛び散った。人間の顔ではない。唇の端に、白い泡が溜まっていた。

「二階へ戻った朱里さんは、そこで首を吊って死んだ。彼女は本当に諸井くんを愛していたし、彼の後を追って自殺するつもりだったの。朱里さんの死を利用して、あたしも殺されたように見せかけた。疑われたら、やりにくくなるでしょ？」

あなたの本当の動機は自分を捨てた島本さんへの恨みだった、と赤星が暗い声で言った。あんたに何がわかるのよ、と叫んだ晴海の目が吊り上がった。鬼のような形相だった。

「島本は馬鹿だったあたしたちはうまくいってたそれなのに純子みたいな女に手を出した裏切られたあたしの気持ちは誰にもわからない純子も純子よしおらしい顔して人の男を寝取って――」

背後に廻った道代がナイフを晴海の喉に当て、素早く横に引いた。切り裂かれた喉から真っ赤な血が辺りに飛び散り、目を見開いたままの晴海が崩れ落ちた。

2

この人の役目は終わりました、と道代がナイフを白装束の袖で拭いた。慈悲じゃよ、と剛が言った。

「あんたの言う通り、田辺さんの目的は島本さんと沢木さんを殺すことじゃった。わしらもそれはわかっちょったが、あの夜何があったか詳しく話してくれたおかげで、保が殺されたことが確かになった。苦しまんで済むように殺したのは、仏の慈悲よ」

こいつらは復讐のことしか頭にない、と草薙が赤星の耳元で囁いた。

「獣と同じだ。囲みを破って、外へ逃げよう」

赤星が小さくうなずいたが、無理だ、と美月は両手を固く握った。目の前の何人かを倒したとしても、外へ向かう美月たちを黙って見ているはずがない。追いかけてくるだろうし、集団で襲われたらどうにもならない。

助けてください、と美月は叫んだ。

「あの時、わたしたちは間違ったことをしました。本当に後悔しています。あの日から、諸井くんを忘れたことはありません。わたしも赤星くんも、ずっと苦しんでいたんです。信じてください！」

信じてますよ、と朝子が微笑んだ。

「田辺さんはね、あの後もずっとあなたたちの様子を探っていたんです。あなたと赤星さんだけは、心から悔やんでいるようだ、と話していました」

許してください、と美月は深く頭を下げた。

「わたしたちは諸井くんが死んだと思っていたんです。遺体を海に落とすと決めたのは島本さんたちで、あの時は従うしかありませんでした。お願いです、許してください！」

虫のいい話よ、と剛が眉をひそめた。

「最後じゃから言うが、最も罪が重いのはあんたらじゃと思うちょる」

どういうことです、と赤星が剛の顔を正面から見据えた。

「ぼくたちは本当に諸井くんに謝りたいと思っていました。どれだけ後悔しても足りないほど、取り返しのつかないことをした、一生その罪を背負って生きていくしかない……その気持ちに嘘はありません」

　だからじゃよ、と剛が話を遮った。

「それなら、なぜ警察に本当のことを話さなかったのかね？　誰にも保を殺すつもりがなかったのはわかっちょる。事故を装うために保を海に落としたのは罪じゃが、殺人とは違う。ほいじゃが、あんたらは黙っておった。いったいどうしてかね？」

　それは、と美月は顔を伏せた。

「すべてを話せば、島本さんたちの人生を左右しかねないと思ったからです。就職や結婚、人間関係……黙っているしかないと――」

　結局、あんたらは何もせんかった、と剛が血走った目を向けた。

「保に無理やり酒を飲ませたのは小野さんと佐川さんで、海に突き落としたのは島本さんの指示やった。自分は悪くない、あれは事故だった、どうしようもなかった、言い訳ばかり繰り返し、すべてを誰かのせいにして自分の罪から目を背けた。違うかね？　嘘をつくより、沈黙の方が罪が重いとわしは思うがね」

　怖かったんです、と美月は叫んだ。両眼から溢れ出した涙が頬を濡らした。

「わたしは……わたしは何もしてません。警察に話せば、誰かが罪に問われます。そんなことは……」

自分のためでしょう、と朝子が言った。

「あなたは自分の責任から逃げるだけでした。それが許せなかったんです。あなたと赤星さんを最後まで生かしておいたのは、保の恨み、わたしたちの怒りに怯えて死ぬべきだと考えたからですよ」

朝子の顔に晴れやかな笑みが浮かんでいた。周りを取り囲んでいる者たちも同じだ。

薄暗い本堂の中、能面が一歩、また一歩と近づいてくる。何かに操られているような動きだった。微笑んだ道代がナイフを振り上げた。

赤星と草薙が木刀を振り回し、後ろへ下がっていく。だが、正面出入口の前で足を止めた。自分たちが築いたバリケードが行手を塞いでいた。

助けて、と悲鳴を上げた美月に、誰もおらんよと剛が囁いた。

「どんなに助けを求めても、誰も来やせん……保に詫びて、許しを乞うてはどうかね。あれは優しい子じゃったから、許すと言うてくれるかもしれん」

冷たい床に美月は正座し、泣きながら頭を垂れた。

「ごめんなさい、諸井くん……本当に、後悔しています。あなたに酷いことをした。謝っても許してもらえないのはわかってる。でも、これだけは信じて。誰もあなたを殺そうなんて思っていなかった。まさか、あんなことになるなんて……お願い、許してください！」

響かんのう、と剛が苦笑した。

「あんたは本気で謝っとりゃせん。ただこの場から逃れたい、殺されなければそれでいい、そう思ってるだけじゃ。自分さえ助かれば、それでええと……倉科さん、あんたがどんだけ惨いことをしたか、思い知るがええ」

目の前にいた二人の能面がナイフを振り上げたが、赤星の方が速かった。木刀で能面の腕を打ち、美月の手を摑んで立ち上がらせると、近づくなと叫んで一歩踏み出した。

あがいてもどないにもならん、と剛が背中に手を回した。日本刀がロウソクに照らされ、光を放っている。五人の能面が同じように日本刀を構えていた。

「簡単に殺しはせん。それでは保の恨みが晴れんからのう……ええか、皆の衆。最後は朝子が止めを刺す。誰よりも苦しんだのは、母親じゃからな」

赤星が木刀を振ると、鈍い音がして能面の一人が倒れた。

「美月、離れるな！」

右にいた男の喉に突きを入れると、悲鳴を上げてその場にうずくまった。横腹を蹴り上げた赤星が、男の体を踏み越えた。

二人を倒したことで、取り囲んでいた輪に隙間ができた。逃げるぞ、と腕を引いた赤星の足が止まった。

振り向いた顔が血にまみれている。そのまま膝をついた。

背後にいた草薙が木刀を振り下ろした。赤星が左手で頭をかばったが、打たれた腕の骨が折れる音がした。

「草薙さん……」

悪いな、と草薙が木刀を構え直した。

「俺だって死にたくない。こうするしかないんだ」

赤星が木刀を杖に立ち上がった。顔から垂れる血が、床を赤く染めている。その体を美月は支えた。

「しっかりして！　赤星くん、逃げるのよ！」

前に出た剛が日本刀で斬りつけた。とっさに右手を上げた美月の薬指と小指が床に落ちた。

呻き声を上げた赤星が右手で木刀を振り回したが、四人の能面がナイフを体に突き刺した。

勢いに押された赤星の体が壁にぶつかり、その場に崩れ落ちた。

美月は左手で右手を押さえた。なくなった二本の指から、血が噴き出している。

「……もう止めて」

出血のため、意識が朦朧《もうろう》としていた。どこに誰がいるのか、それさえわからない。

「殺して……ください」

膝から床に落ちた。体から力が抜けていく。

「美月！」

怒声に顔を上げると、壁に手をついた赤星が立ち上がっていた。

3

無数のロウソクが本堂を照らしている。赤星の顔は正視できないほど傷ついていた。その右手が動き、バリケード代わりの石油缶の蓋を開けた。

「ぼくたちは卑怯だった」

後悔している、と赤星が一番上の石油缶を倒した。開いた蓋から灯油が床に広がった。

「責任から逃げ、沈黙で自分を守った。許せないのはわかるし、殺されても仕方ないんだろう。だが、ここまで残酷なことをするのは違う！」

それだけの罪を犯したんじゃ、と剛が言った。それならすぐに殺せばよかった、と赤星が血《けっ》痰《たん》を吐いた。

「復讐のために心を失った者は悪鬼となる。罰を受けるのはそっちだ！」

灯油の臭いが鼻をついた。二段目の石油缶を赤星が木刀で突き崩している。止めろと怒鳴った剛に、これを投げる、と赤星が床の座布団を手にした。

「灯油が染み込んだ座布団だ。本堂には千本近いロウソクがある。火事が起き、この寺が燃え落ちてもいいのか？」

灯油はガソリンと違う、と剛が顔をしかめた。

「そう簡単に火はつかん。火事になる前に消せばええ」

諦めろ、と草薙が怒鳴った。日本刀とナイフを手にした能面が赤星に迫っている。

赤星が座布団を捨てた。殊勝な心掛けよとつぶやいた剛に、そうじゃないと歪んだ顔で笑った赤星が石油缶を両手で持ち上げ、頭の上にかざした。溢れた灯油が髪の毛、そして全身を濡らしている。

ロウソクを摑み、着ていたワイシャツに近づけた。ゆっくりと赤星の体が燃え始めた。

そのまま前に出て、座布団を投げ付けた。数本のロウソクが倒れ、その火が床、そして壁に燃え移っていく。

全身に炎をまとった赤星が次々に石油缶を壁に叩きつけた。蓋が外れ、灯油が床を流れていった。

「美月、逃げろ！」

異様な叫び声が赤星の喉から放たれた。火を消してと朝子が叫んだが、遅かった。

至るところで炎が上がり、それが広がっていく。高熱のため、石油缶も燃え始めていた。

逃がさんぞ、と剛が美月の前に立ち塞がった。

「お前たちを殺さねば、保が成仏できん！」

刀を振り上げた剛に、赤星が飛びかかった。何度刺されても、腕を離さない。悲鳴を上げた剛の体から炎が上がった。

逃げろ、と炎の塊と化した赤星が叫んだ。能面たちが火を消すために駆け回る中、美月は本堂の奥へ走った。

4

別棟に繋がる通路へたどり着いたところまでは覚えているが、そこから先の記憶はすっぽり抜け落ちていた。気づくと、美月は寺の外に出ていた。

都睦寺全体に火が回り、屋根から炎が上がっている。悲鳴と怒声が重なって聞こえた。火を消せ、ご本尊を守れ、と叫んでいるのは啓輔だろうか。

炎が境内を照らしている。熱に押されて、美月は後ろに下がった。昼間のような明るさだ。

小雨に混じって、火の粉が飛んでくる。別棟の裏から墓地の前に出たところで、足が動かなくなった。

屋根の瓦が落ち、壁に亀裂が走った。そこから炎が噴き出している。轟々《ごうごう》という音と共に、都睦寺が燃えていた。

本堂の正面から数人が飛び出してきたが、それは人間の形をした炎だった。闇雲に手足を振り回し、喉からは苦痛の叫びが漏れていたが、すぐその場に崩れ落ちた。

後ずさると、裸足のつま先が何かに当たった。足元に目をやると、墓地の土から泥まみれの手が出ていた。

(佐川さん)

顔を背けるのと同時に、凄まじい音がした。都睦寺が歪み、傾いていた屋根が二つに割れ、崩れ落ちていた。

空を埋め尽くすほどの火の粉が舞い、数人が這うようにして寺から出てきたが、全身が真っ黒に焦げている。力尽きたのか、動くことはなかった。

まだ陽は出ていない。小雨が降り続いている。体の震えを抑えることができなかった。

右の手のひらを広げると、薬指と小指がなくなっていた。血も止まらない。このままでは意識を失うだろう。

その時、声が聞こえた。女だ。

「……くらしな、さん」

美月は背後に目をやった。足を引きずりながら、女が近づいてくる。道代だ。

焦げた着物から煙が上がり、一歩進むたびに燃えた髪の毛が落ちていく。顔には酷い火傷があり、破れた着物の間から覗く体も焼けていた。

あなたのせいで、と道代が口を動かした。その手にナイフがあった。

「保はあんな惨い死に方を……許せない」

違います、と美月は叫んだ。

「あたしのせいじゃない！　どうすることもできなかったんです。許して！」

道代の口が大きく開いた。黒く焦げた顔の中で、そこだけが真っ赤だった。

ナイフを手に、道代が迫ってくる。地面に手をつき、逃げようとしたが、墓の縁石につまずいて倒れた。

燃え上がる寺を背に、道代がナイフを振り下ろした。体を転がして避けようとしたが、ナイフが左足の甲を貫き、激痛に悲鳴が上がった。

ナイフを引き抜いた道代が笑い声を上げた。人間の声ではない。別の何かだ。

「死ね」

ナイフを構えた道代が視線を落とし、ひい、と怯えた声で叫んだ。佐川の手が道代の足首を摑んでいた。

美月は卒塔婆に摑まり、体を起こした。そのまま体ごと突っ込むと、道代の腹部に卒塔婆が突き刺さった。

大量の血が道代の口から溢れ、美月の顔を染めた。卒塔婆を離すと、道代がゆっくり倒れた。

美月の両膝が地面に落ちた。そして、何も見えなくなった。

5

気を失っていたのは数分だった。倒れていた道代の様子を窺うと、息をしていないのがわかった。都睦寺は燃え続けていた。炎が明かりとなって、周囲を照らしている。生きている者は誰もいない。

道代の腹から卒塔婆を引き抜き、それを杖に美月は歩きだした。業火の熱が背中を炙《あぶ》っている。

よろめくように歩みを進め、やっとの思いで門の外に出た。火神像と水神像の間を抜けると、足がもつれてその場に倒れた。

目の前に濠がある。跳ね橋は壊れたままだ。渡ることはできない。

かすかなサイレンの音が聞こえた。消防車だ。都睦寺で火災が起きたことに気づいた者が通報したのだろう。

ハンカチで右手首をきつく縛り、美月は立ち上がった。杖代わりの卒塔婆が大きく曲がっていた。

目の前が明るくなった。停まっていた車のハイビームが、視界一杯に広がっている。眩《まぶ》しくて、目が開けられない。

「お姉さん、大丈夫？」

子供の声が聞こえた。助けて、と美月は叫んだ。

「お願いです、早く病院に――」

ヘッドライトがロービームに切り替わった。血と雨で濡れている顔を拭うと、ぼんやりと前が見えた。

そこにいたのは喪服姿の二人の子供、そして先代住職の将弦だった。その手に大弓があった。

びゅん、と弓の弦が鳴る音がした。最後に美月が見たのは、凄まじい速さで迫ってくる矢だった。

6

因果じゃな、と将弦が手を合わせた。

「しかし、これも仏の道。あの者たちは、死なねばならなかった。それが必定というもの」

二人の子供がうなずいた。こんなことになろうとは、と将弦が天を仰いだ。暗い空から雨が降り注いでいる。

御前様、と車から降りてきた大河原が大弓を受け取り、トランクにしまった。恐ろしい話じゃ、と将弦がつぶやいた。

「三十三人が死んだ。その意味がわかるか？」

都川群津実が殺した者の数と同じです、と大河原がうなずいた。祟《たた》りはまだこの村に残っておる、と将弦が言った。

「都睦寺の役目は、あの鬼の怨念を鎮め、村を守ることにある。それができるのは、都川の血を引く諸井家の者だけ。保の死が封印を解いた。すべては鬼の仕業よ」

無言のまま、大河原が運転席に乗り込んだ。将弦は後部座席に二人の子供を乗せ、自分は助手席に座った。

「よう燃えておるのお……博司《ひろし》、優子《ゆうこ》、わしにはもう刻《とき》がない。都睦寺を再興せよ。それがお前たちの務め」

お父様、と優子が口を開いた。

「お母様も……亡くなったのでしょうか」

道代のことは忘れろ、と将弦は首を振った。

「剛は子種が少なかった。保が生まれたんは仏の御加護じゃが、二人目は望めんかった。保の身に何かあれば、諸井の血筋は途絶える。じゃが、朝子が実の父親のわしと交われば、畜生道に墜ちる。やむなくわしが道代と交わり、お前たちが生まれた。すべては諸井の血を残すためよ」

二人の子供がうなずいた。道代が双子を産んだのも仏の導き、と将弦はシートに深く身を沈めた。

「それを知っちょるのは、末弟のお前だけじゃ」

肩を叩かれた大河原が頭を下げた。優子はお前の娘、博司は啓輔の息子として戸籍に入っておる、と将弦が言った。

「よいか、十八歳になったその日に契りを交わし、夫婦《めおと》になるのじゃ。産まれてくる男の子には、諸井家の濃い血が流れておる。大事に育てて、都睦寺の住職にせよ。他に村を守る術はない」

はい、と双子が声を揃えた。まだ十歳だが、赤ん坊の頃から毎晩将弦に都睦寺の謂《いわ》れを説かれている。それが定めだと二人ともわかっていた。

山を降りましょう、と大河原がエンジンをかけた。

「これだけの大火事です。すぐに消防が来ます」

車を出せ、と命じた将弦の口から、こんなはずではなかった、と暗い声が漏れた。

「あの者たちを殺して保の仇を取り、成仏させるつもりじゃったが、鬼の力は思っていた以上に強かった。あの娘にとり憑き、皆を殺し、寺を焼き尽くすとは……じゃが、それは言うても始まらん。三十三人目の死人《しびと》となったんも、鬼の最期にふさわしい」

呟き込んだ将弦に、大丈夫ですかと大河原が言った。少し胸が苦しい、と将弦は苦笑した。

「狭心症の発作が出るとは思わんかったが、思えばあれも仏の導きじゃったな。寺に戻り、あの者たちを殺《あや》めるはずじゃったが、この場に留まることで命を繋ぐことができた」

林の間から漏れてくる赤色灯の明かりが見えた。山の中腹を消防車が走っている。

ひとつだけ気になることが、と大河原がアクセルを踏んだ。

「あれだけの火事ですから、死んだ者は灰になっているでしょう。しかし、あの娘は矢で射殺《いころ》されています。警察が調べれば、他にも不審な点が見つかるかもしれません」

ご本尊の御加護がある、と将弦は手を合わせた。

「すべて、うまくいく。わしにはわかる……後のことは頼んだぞ。この子らが夫婦になるまで、見守るのがお前の役目。わしの命の火は消えかけておる。弟とはいえ、心苦しいが……」

お任せください、と大河原がうなずいた。車がゆっくりと山道を下っていった。

初出…………「Ｗｅｂジェイ・ノベル」配信
２０２０年６月～２０２１年２月に「アニバーサリーの殺戮」のタイトルで連載。単行本化にあたり、改題、加筆、修正を行いました。

本作はフィクションです。登場する人物、企業、学校名、店名その他は実在するものと一切関係ありません。（編集部）

［著者略歴］
五十嵐貴久（いがらし・たかひさ）
1961年東京都生まれ。成蹊大学文学部卒業後出版社勤務。2001年『リカ』で第二回ホラーサスペンス大賞を受賞してデビュー。警察小説「交渉人」シリーズ、お仕事恋愛小説「年下の男の子」シリーズほか、スポーツ小説、ミステリーなど幅広いジャンルの作品を発表し、好評を得ている。主な著書に『学園天国』、『あの子が結婚するなんて』など。近著に『命の砦』、『バイター』、『リフレイン』（「リカ」シリーズ）がある。

能面鬼《のうめんき》

2021年12月10日　初版第1刷発行

著　者／五十嵐貴久
発行者／岩野裕一
発行所／株式会社実業之日本社
〒107-0062
東京都港区南青山5-4-30　emergence aoyama complex 2F
電話（編集）03-6809-0473　（販売）03-6809-0495
https://www.j-n.co.jp/
小社のプライバシー・ポリシーは上記ホームページをご覧ください。

ＤＴＰ／ラッシュ
印刷所／大日本印刷株式会社
製本所／大日本印刷株式会社

ISBN978-4-408-53797-9（第二文芸）